IMPROPÉRIOS

IMPROPÉRIOS

luciana martins

ilustrações de amanda guerrero

KOTTER EDITORIAL

Coordenação editorial: Sálvio Nienkötter
Editor-executivo: Raul K. Souza
Editora-adjunta: Isadora M. Castro Custódio
Projeto gráfico e editoração: Bárbara Tanaka
Ilustrações: Amanda Guerrero
Produção: Cristiane Nienkötter e Daniel Osiecki

Dados Internacionais de Catalogação na Publicação (CIP)

Martins, Luciana (1964-); Guerrero, Amanda (1991-)
Impropérios / Luciana Martins; Amanda Guerrero. -- Curitiba : Kotter Editorial, 2019.
208 p.

ISBN 978-65-80103-45-4 (Brasil)
ISBN 978-989-54566-9-7 (Portugal)

1. Poesia brasileira I. Título.

CDD B869.1

19-1580

Elaborada por Angélica Ilacqua CRB-8/7057

Kotter Editorial
Rua das Cerejeiras, 194
82700-510 | Curitiba/PR
+55 41 3585-5161
www.kotter.com.br | contato@kotter.com.br

Feito o depósito legal
1ª edição
2019

A minha escrita nasce quase sempre de uma revolta.

maria gabriela llansol (1931-2008)

I. VADIA NA PUTARIA

— Você se importaria de ler algo sórdido?

ana cristina cesar (1952-1983)

mulher fenomenal

sorria
você está sendo
estuprada

sorria
você está sendo
assassinada

pelo teu ex
pelo teu marido pastor
pelos amigos boyzinhos do teu irmão
pelos filhinhos de papai
pelos cidadãos de bem de nosso país

ana claudia de melo
ana dristina câmara santos
ana lídia braga
ângela maria fernandes diniz
araceli cabrera sánchez crespo
cláudia lessin rodrigues
daniela bispo dos santos
daniela carrasco
débora tereza correa
delmira agustini
eloá cristina pereira pimentel
elisandra da silva brasil araújo
eliselda de paula alves

eliza silva samúdio
fernanda maria young
franciane moizés pedro
francisca náidde de oliveira queiroz
genir pereira de souza
irismar castro
isamara filier

janaína romão lúcio
jéssyka laynara da silva souza
juliene anunciação gonçalves
kálita betânia pereira da silva
karla lisseth turcios
katiane campos de gois
kim wall
larissa rodrigues da silva
louise maria da silva ribeiro
luíza (brunet) botelho da silva

maria capitolina de pádua santiago

maria aparecida ferreira da silva
mayara amaral
mayara holsback
nadia murad
nicole brown simpson
raphaella noviski
renata larissa santos
sandra gomide
simone lanzoni

susllem meneguzzi tonani
talita oliveira
tatiane spitzner
tauane morais dos santos
thaís muniz mendonça
thaise leocadio ramos

você está sendo
currada

sorria
você está sendo
estuprada
por 33 homens

enquanto isto
exercite a panturrilha
mulher maravilha

sorria
você está sendo
dopada
com 2 litros de clorofórmio
até a morte
num laboratório da unb
sorria
você está sendo
carregada
num carrinho de mão
sorria

você está sendo
incendiada
(especialmente nas partes íntimas)
num matagal

sorria
você está sendo esganada
você está tendo os seios decepados
a vagina dilacerada

sorria
você está sendo
colocada na tubulação de esgoto

enquanto isto
exercite a panturrilha
mulher maravilha

sorria
você "precisa acabar com esse *rodízio de padrastos*"

sorria
você está sendo
novamente
estuprada
no teatro nacional

sorria
você cai
"como um corpo morto cai"

enquanto isto
exercite a panturrilha
mulher maravilha

sorria
vadia
"uma mulher com tantos predicados
deveria demonstrar...
um pouco mais de respeito"
sorria
"sua reputação é mais elástica"

sorria
ele vai
eles vão
arrancar com os dentes teu nariz e tua orelha

sorria
sorrir é coisa de puta

ele vai
eles vão
te dar 11 tiros na cara
mutilar a tua boca
desfigurar-te
só pra acabar com teu sorriso

sorria
teu ex
também

está matando
teu filho
a quem ele mesmo
estuprou
durante anos
sorria
porque
toda “vadia da penha”
da sua família
também
se vai

sorria
ele
está te esfaqueando
na frente
de tuas filhas — de 2 e de 4 anos —
que ele igualmente
ameaçou de matar
ainda há pouco
e que ele muito já espancou
como tantas vezes fez contigo

sorria
você está sendo
bolinada
seviciada
mutilada
pendurada morta e nua num estádio de futebol

apedrejada
morta a marteladas
a tesouradas
cortada em pedaços
fuzilada

sorria
ele quebrou teu pescoço
e colocou teu corpo inerte
embaixo do edredom
assim você fica
bem quentinha
antes da peste da tua mãe
assim te encontrar

sorria
professora

desculpa
linda

você está sendo
crucificada

enquanto isto
etc

"Phenomenal woman,
That's me."

pensando em maya angelou no ônibus em 03.11.2015/
retocado em 29.05.16, em 03.01.2017, em 07.02.2017, em 30.05.2017/
em 30.06.2018, em 17.07.2018/
em 24.05.2019, em 06.06.2019, em 21.06.2019
em 30.11.2019/em 1º.12.2019
concluído em — ? —?....?

O FEMINICÍDIO

HYSTÉRA

útero

: órgão da hysteria
— o grito da mulher contra a opressão

para angélica freitas
concluído em 3.02.2017

o estupro

o pai abusava dela
e da irmã mais nova

pra proteger a irmã ela o "seduzia" quando este obrigava a
menorzinha a tocar em seu membro para masturbá-lo

o pai tirava fotografias das duas em poses eróticas
— que as pobrezinhas eram obrigadas a fazer —
pra depois mandar pro próprio celular
com legendas pornográficas

a tatuagem no braço do pai todo-poderoso: "Deus é fiel"
é inesquecível

estava desde sempre naquele braço que tanto a esganava
e rasgava sua calcinha
quando a mãe saía para o trabalho

elas foram culpadas de me seduzir
disse ele a respeito das adolescentes de 13 e 15 anos
grávidas
— ficavam se arrastando
ávidas
pela casa com aquelas bonequinhas enfeitadas
pra lá e pra cá
então eu decidi mostrar pra elas o que é ser um macho

eu não estrupei [sic] foi tudo consentido pelas vagabundas

a tatuagem *Deus é fiel*
estava desde sempre naquele braço que tanto a esganava
e arrancava sua calcinha

ela tinha seis anos na primeira vez

28 de julho de 2019 17h22

política pública

a damares alves
ministra da mulher da família e dos direitos humanos
quer salvar
quer proteger
o bebê
na barriga da mamãe
que foi estuprada

quer garantir
igualmente
que o estuprador
possa dar carinho
ao filhinho

salve salve
pátria amada

30.04.2019 19h55
no avião pra curitiba

abortivo

o cytotec falhou

um tanto de comprimido tomado
outro tanto no útero enfiado
a médica da família
aceitou fazer a curetagem
e achou todos os comprimidos
lá — intactos —
boiando junto
com o pequeno
feto

30.04.2019 18h56[1]

---

[1] para mulheres negras e pobres, a opção
de aborto é

a inserção
do talo de mamona no útero – por exemplo

atualizado em 7.10.2019 19h08

poema-estupro

o corpo é meu
o feto é meu

— a lei é dos homens

women's liberation

as corajosas
ana cristina (com "coceira no hímen")
e sylvia plath (guardando meleca embaixo da carteira)
vieram
— como as betty friedmann do feminismo do fim da década de 60
— queimar
                    versos
em praça pública
para que agora pudéssemos fazer poesia
          de peito aberto
          (mas com sutiã para quem quiser é claro)

around 2013/concluído em 2.08.2019

ecce femina

sou uma sujeita
        uma sujeitinha lírica
        que não se sujeita

4.05.2016

desde moça

perco a *pucelage*
          na malandrage

— mulher de corage

20.06.2015

monteiro lobato revisitado por uma mulher moderna

"um país se faz com homens e livros"
os homens a gente come
os livros a gente lê

3.11.2007

versão nova do poema acima

um país se faz com homens e armas

17.05.2019

ecce femina

sou impertinente
— insubmissa mesmo —
não lambo botas
tenho prazer em descumprir ordens
emitidas
por gente incompetente

não tenho juízo
(ou será que tenho?)

quem não gostar do que faço que vá praquele lugar

— obediência é para os fracos
ou oprimidos (esses não têm opção
porque ficam com a arma na boca)

tenho mais o que fazer
dá licença

16h59 19.06.2019

vinícius-fêmea

homens
“melhor não tê-los
mas se não os temos”
como fudê-los?[2]

---

2 celso borges, é parecido com o teu poema;
foi coincidência

poetisa

põe brisa
poetísica
põe e alisa
quem te pisa

és esposa do poeta?
embaixatriz por um triz?
— esse o temor
de cecília meireles

"serás marquesa"
se o poeta for
marquês?

pões no visa
a dívida do mês
messalina
do burguês?

que mecenas
dá mesada à
poetisa
que faz versos
às centenas?

quanto custa no mercado
uma palavra de mulher?

poetisa
como vives
sem ter deus?

de onde tiras
o de-comer dos teus?

27.01.2006

sáfica

banida da república
parti para lesbos

poética

menestrela
que ministra
poemas sob estrelas

barda que bombardeia
os explosivos — versos

19.09.2012

orientação de tese heteronormativa

1

nos tempos do doutorado na usp:
por favor eu te peço
me dê mais um prazo
tem misericórdia de mim

ora
desiste do doutorado
minha mulher desistiu

2

nossa!
lulu
foi um parto esta tese
né?
exclama o amigo

não foi um parto
foi um aborto
diz o orientador

29.06.2019

poetisa 2

a feminina musa
sempre posa
de formosa
não passa
sob a luz difusa
no máximo
se encaixa
na prosa

a pose das musas
é de estátuas
— assim as querem
os poetas

a poetisa não posa
nem é a "mulher do poeta"
— não é musa
nem esposa
a poetisa ousa

na fala deles
tua escrita não é parto
— é aborto

tua palavra não é séria
— é desporto

escreves para um homem absorto
e para outro morto
(os 2 tipos que restam)

os machos é que
mandam na poesia?
— que desconforto

a poetisa só presta
se for musa
ou se abrir as pernas
como um pára-brisa?

madrugada de 9.04.2006

a confraria de rapazes

a távola redonda
é totalmente fechada:

homofobia somada à
misoginia

09.06.2012

aforismo

mas de bons poetas o inferno tá cheio

semblante

na clínica de aborto clandestino em goiânia[3]
pela 2ª vez em menos
de 12 meses

no quarto de espera
a enfermeira me reconheceu

"você esteve aqui ano passado!" — disse
(num misto de acusação e sei-lá-o-quê)

sou inconfundível
com meu óculos e livro na mão

— inesquecível?

respondi convicta:
"não era eu
era minha irmã —
somos gêmeas"

14.04.2019 22h30

---

[3] aquela que não existe mais; aparentemente se fecharam todas as clínicas clandestinas de aborto da região
em muitos casos médicos e enfermeiras foram presos
denunciados pelos próprios colegas

perfil

procuro uma mulher educada e cariosa.
buscando um relacionamento sério.
sou moreno nao tao alto
trabalhador

Gosto de cuidar do coração,respirando,
          bebendo água,suando,tento
          comer alimentos saudáveis
e viver em paz...

mulher simplesmente mulher

Gosto de curtir a dois um lugar tranquilo suave romântico,
          pescar dancar samba futebol praia
etc!

Procurando pessoa pra cuidar e companhei

          gosto de qq
samambaia sul, Distrito Federal

"Simpatizo com alguns homens pelas suas qualidades de
                                        [carácter,"

          Gosto de tudo um pouco mais o que mais gosto é de
                    curtir a natureza

procura uma mulher liberal

Gosto de palavras cruzadas,domino e sinuca

Procura uma moça pra relacionamento séri

Na vida e no amor, não temos garantias...
Portanto não procure por elas...
viva o que tem que ser vivido... Sem medos ...
O medo é um dos piores inimigos do amor e da felicidade,
não sou
assinante meu

Gosto de ficar em casa sair concertesa receber carinho atençao da
pessoa que me escolher

Vem que tem

Procuro uma pessoa enteligente é com car

Procuro pessoa NORMAL!
brasilia, Distrito Federal

Gente de Bem procurando Gente de Bem

.......teclando tudo fica mais fácil de compreender!

online today

Caseira e caráter

Sou uma pessoa simples e de bem com a vida.
Gosto de cinema. ROK progressivo MPB. ginástica É caminhadas.
Idade: 55, 65, 75,85,95

Eu realmente estou me esforçando para encontrar alguém

sou alto, 1,70, nivel superior, viuvo, livre e desempedido, casa na
cidade, casa na praia, gosto de viajar e de pessoas inteligentes..e
amorosas..

o casamento é um sonho, uma vida em cor de rosa
uma boa noite é olhando para às estrelas com seu par

"E simpatizo com outros pela sua falta dessas qualidades,"

Membros com Upgrade aparecerão PRIMEIRO em Encontros.
Isso significa que novos usuários vão lhe dizer
dentro de poucos instantes,
atraído(a) por você se tem atração por você ou não.
Mandar mensagens para usuários que já estão atraídos(as)
por você é a maneira mais eficiente de usar o site!
(Faça um Upgrade agora para aparecer primeiro!)

Quer conhecê-lo
Sim Super Sim Talvez Não

concluído em 21.06.2019/retocado em 16.09.2019

AS AMANTES

poema da fancha que não sou

vivo na cama com mulheres
numa suruba infinita
de palavras

deito sempre com elas
sinto o cheiro de seus peitos
vejo
suas bundas insinuantes
dentro de pequenas calcinhas
a marca de biquínis antigos
sobrepostos

— nenhuma inveja freudiana ou lacaniana
do pênis
contamina essas moças
cujas saias fremem

para amanda — minha filha fancha
noite de 31.10.2016 rj

a mulher que calculava

= + ≠ = ≠ <=> ?

concluído em 8.05.2015

A CAVERNA

expressão idiomática

comigo é
xoxota-a-pau
pau-a-xoxota

de igual pra igual
e não pau-a-pau

14.10.2014

*

eu boto a xoxota na mesa

16.07.2019

feminismo poético cabralino

“Um galo sozinho não tece uma manhã:”
— ele precisará sempre de uma galinha

noite de 19.11.2014

II. A ARTE DA GUERRA

preciso perguntar, embora não saiba a quem, se devo mesmo
amar aquele que me trucida e perguntar quem de vós me trucida

clarice lispector (1920-1977)

camiseta do ciep operário ensanguentada[4]

> O corpo-menino
> sacode a morte.
> Inútil.
> A letargia dorme
> no asfalto.
>
> **conceição evaristo**

mãe eu tomei um tiro

eu sei quem atirou em mim eu vi foi o blindado

ele não me viu com a roupa de escola mãe?

a culpa é desse estado doente que está matando as nossas
crianças com roupa de escola
estão segurando mochila e caderno não é arma não é faca

a bala estragou tudo dentro dele
a única coisa que ficou foi a pressãozinha dele
que foi caindo até ele chegar a óbito

---

[4] em 20 de junho de 2018, o exército brasileiro e a polícia civil do rio de janeiro fizeram uma operação no complexo da maré com 2 caveirões e 1 helicóptero que dava voos rasantes atirando contra a comunidade;
os policiais dos blindados,
com toucas-ninjas, mataram 7 jovens
entre eles marcos vinícius – de 14 anos
de uniforme e mochila escolar atravessados
pelo tiro. mais de um ano depois...

o meu filho perdeu ontem o baço os rins tomou pontos
no estômago
e os estilhaços acabaram com tudo dele
não tem nada
eu não tenho o que doar do meu filho
entendeu gente?

ele fazia minha vida agitada ocupada um carrossel
ele era minha salvação
na verdade ele me salva até hoje....

muitos marcos vinícius morrem a cada dia

a verdade é que nós mesmos somos o alvo!

a morte dele fez com que eu me encontrasse na militância

eu não tenho tempo para medo

eu seguro a camisa
de meu filho
ensopada de sangue
pra sempre

aquela bruna de antes não deixou legado

para bruna da silva
felícia johansson
verusckha castro
9 de julho de 2019 18h06 rj/20 de julho de 2019 18h12 bsb
18 de novembro de 2019 11h23 cwb

O LUTO

história contada pela amanda

o entregador de *ifood*
estava com sua mulher na garupa da moto

num cruzamento foram ambos derrubados por um carro

enquanto a mulher era atendida
o entregador
machucado
desesperado
pensando na meta e na féria do dia
queria
ir entregar a comida
pra só depois voltar
e poder ser também atendido

30.06.2019

afirmação

nunca vou aceitar as injustiças
de meu país

encontro diariamente gente na rua
cuja casa é um carrinho
de supermercado

26.03.2013

samba do crioulo doido (???)

mais de 2 mil pessoas acamparam em frente a supermercado
na samambaia em busca de uma das 180 vagas abertas no dia 20.06
— vendo as fotos e assistindo na tv todas as reportagens locais
sobre o assunto
é possível afirmar a olho nu que
98% são negras e negros

em copacabana
a gente (embranquecida)
tem de andar olhando pro chão
pra não topar
em pessoas caídas
combalidas
          todas negras

no supermercado *extra*
da barra da tijuca (em fevereiro)
pedro henrique gonzaga — jovem *pardo* —
foi dominado estrangulado asfixiado
sob o corpo
de um segurança igualmente *pardo*
que xingava a mãe do rapaz
enquanto esta tentava argumentar
          que o filho tinha desmaiado e estava roxo
tudo foi registrado pelas câmeras do local
e filmado por um homem que também recebeu ameaças

no morro do fallet-fogueteiro e no dos prazeres
(no dia 8 de fevereiro)
15 jovens negros com idade entre 15 e 22 anos
foram torturados e mortos

vitor hugo e roger dos santos silva — irmãos
maikon e david vicente da silva — idem
        :estes em sua própria casa
        quando a mãe tinha saído pra fazer compras

felipe guilherme antunes baleado 7 vezes
        no rosto na barriga nos braços

        afundamento de crânio
        ventres abertos a faca

                lesão polivisceral
                ferimento transfixante no tórax
                ação pérfuro contundente

                ó o prejuízo aí[5]

        [mostrando o teto a parede o chão
        da residência de moradora idosa
                onde ocorreu parte do massacre[6]
                — tudo banhado de sangue]
        fora o prejuízo psicológico...que é mais alto

---

[5] falas em vídeo de testemunhas

[6] outros 2 corpos foram achados na mata

eles só vêm pro morro pra fazer carnificina mesmo
matar os outros   NA TROIA
(...)não teve troca nenhuma de tiro
eles falaram que se a gente
não saísse em 5 minutos dali
que eles iam lavar todo mundo
no caso: que eles iam matar todo mundo

de 3 em 3 meses eles sobem na comunidade
pra fazer isso daí:
CHA-
CI-
NA
eles riem bastante na cara da população

então a pena de morte existe no brasil!
por que existe só para pobre?

os policiais me chamaram de piranha e vagabunda[7]

(detalhe: se apossaram dos celulares das vítimas
e enviaram emojis de caixão e caveiras
em resposta a quem perguntava se tava tudo bem)

(detalhe: jogaram 13 corpos mortos
na caçamba do CHOQUE
cobriram com lençol branco   sentaram em cima
e levaram pro hospital souza aguiar)

---

[7] vide sobre em https://jornalistaslivres.org;
https://www.bbc.com/portuguese/brasil-47220856

eles quebraram o pescoço do meu filho
(...)não vou me calar
NÃO VOU ME CALAR!!
não vou!!!!!
— brada a mãe tatiana antunes carvalho
sacudindo a certidão de óbito
em direção às câmeras de tv
(detalhe: o policial disse para seu filho mais novo
de 8
anos:
bem feito que matei seu irmão
cresce
que eu te mato também)

conclusão do ipm-inquérito policial militar (em outubro):
"ausência de crime ou transgressão
por parte dos policiais militares envolvidos no caso"[8]

---

[8] em vídeo
o governador do rj wilson witzel
disse que
foi uma "ação legítima(...)
a polícia agiu para defender
O CIDADÃO DE BEM"
o deputado rodrigo amorim
famoso por quebrar juntamente com daniel silveira
a placa da rua
marielle franco
depois de propor homenagem ao
CHOQUE e ao BOPE
declarou: "foram 13 CPFs cancelados
nesta operação"

em sala própria pra tortura
no *supermercado* ricoy
da zona sul de sp(em agosto)
adolescente negro de 17 anos
em situação de rua
foi amarrado despido amordaçado   barbaramente surrado
com fios elétricos trançados
por dois seguranças
(um deles gravou e divulgou a cena no whatsapp)
          motivo: furto de um chocolate

nas celas
do centro de reeducação feminino-crf
de ananindeua-pa
                    700 mulheres
(a maioria com "sua corzinha meio complicada")
são diariamente ininterruptamente
                    assediadas
                    torturadas
          (como p. ex.
serem obrigadas a sentar apenas de calcinha
          em formigueiro
ou acordar às 4 da manhã para sentar nuas
em chão sujo de fezes e urina)

          os laudos periciais
do depen-departamento penitenciário nacional
          concluíram que
                    as denúncias são falsas

"não foram obtidos elementos mínimos
capazes de dar suporte a
eventual formalização
para abertura de procedimento investigativo"

humilhadas e ofendidas
especialmente pela equipe da
ftip-força-tarefa de intervenção penitenciária
do heroico ministro da (in)justiça
que afirma "até o momento não se comprovou
consistência desses relatos"

:

NÓS PEDE SOCORRO!
socorro!
como nós vai se ressocializar dessa maneira
sendo que a gente tá sendo oprimida?
eles chamaram pra nós de porca
de imunda[9]

no dia 19.11
no túnel da câmara dos deputados
na abertura da exposição
(Re)existir no Brasil: Trajetórias Negras Brasileiras
o deputado coronel tadeu
quebrou o quadro "o genocídio da população negra"
que reproduz charge de carlos latuff
mostrando um garoto recém-morto por um policial

---

[9] vide vídeo ampla e proibidamente divulgado

[aliás
o cartunista foi convidado para participar da abertura
do II congresso nacional dos policiais antifascismo
no dia 28.11]

ato prontamente elogiado
na tribuna
pelo seu parceiro em destruição de placas
daniel silveira[10]
que afirmou que mais negros morrem
porque "tem mais negros no crime"
e ainda complementou

"não venha atribuir à polícia militar
do rio de janeiro as mortes
porque um negrozinho bandidinho
tem que ser perdoado"

enquanto isso
o "negão do bolsonaro"
permanece mudo
com sua camisa "minha cor é o brasil"[11]
atrás do *poderoso chefão* branco *don corleone*

---

[10] vide nota 8
[11] em artigo na folha de são paulo de 21.11.2019 hélio lopes
— meritocrático —
reafirma sua posição argumentando que cota racial ("um absurdo")
"assim como várias ações puxadas pelo 'movimento negro'
são meros programas partidários"

para alexis kouamé
ellen cristina
tatiana antunes carvalho
15.07.2019 rj/20.07.2019 bsb/
retocado em 17.09.2019
em 15.10.2019 e
em 8.11.2019
em 30.11.2019
em 30.12.2019

herança poética

licantropa
misantropa
"para a tropa do trapo vazo a tripa"

aos patifes bolsonarianos
                                        contraponho
este canto gregório-matosiano

finalizado em 11.06.2019/ retocado em 4.08.2019

viva o ateísmo

sou atéia...sou atéia...sou atéia
e com acento agudo — agudíssimo

16.05.2013

viva o ateísmo ii

o joão de deus (joão do diabo) estuprava
as mulheres numa
sala privada

eram adultas adolescentes crianças
"calma fique tranquila
porque seu pai vai ser curado"
— dizia para duas irmãs
que abusou alternadamente

estuprou a própria filha
durante anos seguidos
durante anos seguidos
ameaçou-a de morte

"o abraço que ele me deu foi um abraço de serpente"
— disse dalva teixeira

enquanto isso o líder espiritual tirava
foto com celebridades
que nele declaravam ter fé
"[sergio]moro está orientado por deus"
declarou descarado

23.12.2018
concluído em 4.06.2019 13h35

viva o ateísmo iii

o célebre guru prem baba se utilizou de seu poder
e abusou sexualmente de várias mulheres de seu rebanho
inclusive as casadas com seus seguidores
praticando com elas "exercícios para desbloquear a energia"

enquanto isso pregava
o *brahmacharya*
— o celibato e o jejum sexual —
arrebatando para seus luxuosos *ashrams*
milhares de fiéis brancos ricos
— doadores de fortunas

assim o *awaken love*

reafirmo
confirmo
infirmo
meu ateísmo

23.12.2018
concluído em 4.06.2019 15h35/
retocado em 4.08.2019
em 23.09.2019

a derrota da razão

drive thru da oração
na igreja universal do reino de deus da 212-13 sul

"receba oração sem sair do seu veículo"[12]

2011

[12] vide o recém-lançado filme distópico e futurista
divino amor de gabriel mascaro

fraternidade

frater cidade
frater sítio
frater cídio

para jadir rodrigues[13]
19.05.2015 concluído em 18.05.2019

---

[13] vizinho de bloco em cuja camiseta estava escrito FRAT
ERNI
DADE
seu jadir reclamou: "mas você podia ter feito um poema mais leve!";
eu não escrevo poemas leves, seu jadir!

fraternidade ii

```
         femini      cídio
         transfemini cídio
matri       cídio
parri       cídio
fili        cídio
desdemoni   cídio
capitu      cídio
sui         cídio
```

para amanda álvares ferreira
12.02.2017

experiência com a pm

1

em maio de 1984 no lugar que chamávamos *baixaria* no conic
reencontrei uma moça de barra do corda então bela rapariga
(ilzanir se lembrava mais de mim do que eu dela na ocasião)
conversamos sobre nossa cidade
ela me contou rindo que "deu mais do que sarampo"
                    entre os filhos do dr. abreu
logo depois nos despedimos felizes e risonhas
mas eis que de longe comecei observar vários policiais
                                  ao redor dela
humilhando-a e bolinando-a de forma acintosa
fui até lá tirar satisfação e dar bronca nos caras
que partiram pra cima de mim
dizendo que iam levar as duas pro camburão e pra delegacia
pra completar a amiga que estava comigo
mais maluca do que eu
começou a dizer que era advogada da oab (sem ser)
                    e que ia processar os meganhas
foi um bafafá
que acabou com eles não levando nenhuma de nós
      ilzanir chorou emocionada
      dizendo que nunca ninguém a defendera daquele jeito
eu percebi quão horrível era a situação dela
quão desprotegida ela ficava dia a dia
e senti muita vergonha de voltar pra casa confortável que tinha
de menina (supostamente) branca

não soube mais o paradeiro dessa moça
pode ser que esteja bem (será?) pela foto que vi agora no fb
a irmã dela escreveu na página "mulher me liga"
também querendo notícia
eu que liguei: "está no rio de janeiro
sumiu"

para ilzanir moreira da silva — onde quer que ela esteja
na cidade do rio de janeiro
20h39 de 22 de junho de 2019/
retocado em 19.09.19 10h14

constatação

ruindade não tem cura
fica dentro da unha
como a sujeirinha
do dia a dia:
você limpa
e ela volta

só conheço um que se curou
— foi o augusto matraga

09.05.2012/1º.07.2019

esquerda festiva

minha primeira professora
me forçava a escrever
com a mão direita

não conseguiu

até hoje luto
contra a corrupção
que há em se ser destra

15.05.1982

haikai

tudo bem mes-   mo
                                  mal ou seja tudo bom
                                                                        e nada pres-   ta

para nicolas behr
retocado em 23.09.2019 às 15h53

quem indica (qi)

aqui o importante é o qi
de cada um
— você não tem qi?
fica então aí

na fila dos desempregados

*

tem mais de 500 cargo lá — cara!
na câmara no senado

pode indicar pá qualquer comissão alguma coisa
sem vincular a "eles" em nada em nada

20 continho pra gente caía bem pra caralho
c
a
í
a
bem pra caralho
entendeu?

— porra é só chegar:
mermão
nomeia fulano
pra trabalhar contigo aí
[som de narrador de jogo de futebol gritando gooooool]

salariozin bom desse aí — cara!
pra gente que é pai de família
puta que pariu
c
a
i
igual uma uva [sic]

21.11.2014/28.07.2019
retocado em 4.11.2019[14]

[14] a partir de áudio vazado de fabrício queiroz
de junho
— enviado lá da sua confortável tumba

aristocracia

a ricaça troca os armários
todos de seu apartamento

na hora da merenda
oferece pão mofado com margarina
pra faxineira e pro marceneiro

          mulher
miserável mesquinha
tu vais ser enterrada
junto com tua burra
repleta de moeda

para joana monteiro
9.05.2012/manhãzinha de 15.08.2016/
concluído em 1º.07.2019

aforismo schopenhauriano-
-nietzschiano-freudiano

o que é pior: a má-fé
                    ou a má-consciência?
tenho ambas
                    no inconsciente

para meu psicopompo denilson sousa melo
7.08.2015

japão fukushima 2011

morrer ao ar livre
sem ar livre

dentro de casa
sem casa

respirar ar nuclear
descer a escada que não há

não te jogares ao mar
mas o mar se jogar
em ti

"o marinheiro que perdeu as graças do mar"
foi morto há muito tempo
e não precisou passar
por este sufoco
de o mar ter perdido
os limites

akira kurosawa se foi
yukio mishima se rasgou
num harakiri
nenhum dos dois está mais aqui

para lilian nakao nakahodo – 8 anos depois

epílio

no morro do bumba
o boi estava morto
— "boi morto" do manuel bandeira misturado com "o bicho"
do bandeira também
— no lixo estava o bicho e tudo foi sugado para debaixo da terra
— não se sabe quantas pessoas morreram nesse acidente

8.04.2010/retocado na madrugada de 20.03.2016 domingo

A INJUSTIÇA

anti-lira itabirana

ele tinha mania de chegar abraçar e ficar no meu ombro
e me deu um abraço ficou assim um tempão
e disse mãe do céu eu tou tão feliz tão feliz
... eles me transferiram pá brumadinho
e agora eu vou tá em paz

...parece que eu tou com um buraco aqui[15]

"*a vale é uma jóia brasileira*"

fizeram uma reunião aqui pá todo mundo ficar ciente
que [se] acontecesse isso eles ia ligar o alarme pu pessoal
corrê
não ligou nada...não ligou nada
deixou todo mundo sê pego de supresa

eu salvei a minha vida mais a da minha fiia por culpa
da minha inteligença e a de deus

olha lá gente o que que virou a minha casa o meu serviço
o que que virou o meu serviço gente
aonde nós trabaiava tá tudo aqui...acabou...acabou

---

[15] depoimento de olga de oliveira valeriano sobre o filho, funcionário da vale, desaparecido no rompimento da barragem do córrego do feijão em 25 de janeiro de 2019 às 12h28 (vide vídeo do "acidente")

...acabou tudo né?[16]
[chora chôro chóro choramos choraremos]

"*a vale é uma jóia brasileira*"
"*a vale é uma jóia brasileira*"

a lama destruiu tudo... tudo... gente isso é uma tragédia
[relatos entremeados de soluços...muitos soluços]

eu queria que eu fosse e ele ficasse diz paloma prates[17]
eu queria minha vida de volta não é? porque essa aqui não
é minha vida na verdade
eu queria que eles tivesse levado a minha casa
e minhas coisas tudo
de menos o meu marido o meu filho e minha irmã
podia ter levado tudo — bens materiais
pra mim agora no momento num tá valendo nada
eu senti como se tivesse um britador me moendo toda

[chora chôro chóro choramos choraremos...
estoicamente há aqueles homens que não choram
— "homem não chora" é lição que aprenderam desde cedo

Quantas lágrimas disfarçamos
Sem berro? perguntou no significativo ano de 1984
o profeta itabirano em uma de suas liras

---

16 depoimento de outra moradora de brumadinho

17 o resgate cinematográfico de paloma prates da cunha foi filmado
seu filho tinha 1 ano e 6 meses, o marido, 26, a irmã, 13 anos

— sujos de lama marrom imundos como estivessem
representando um drama sujo num palco
enorme e sujo
com a plateia tentando não se sujar mas sem conseguir]

"*a vale é uma jóia brasileira*"
"*a vale é uma jóia brasileira*"

repete a ladainha o engravatado fabio schvartsman
"não pode ser condenada por um *acidente* que aconteceu
em *uma* de suas barragens"[18]

— o lema destes cínicos
não é *mariana nunca mais* mas *mariana sempre mais*

brumadinho se encheu de grandes brumas de luto
em barão de cocais ninguém dorme nunca mais

para ludmila müller
em prantos concluído às 11h58 de 19.07.2019[19]

---

[18] grifos meus

[19] "essa lama devastou toda a cidade e devastou todas as famílias
e continua devastando — a vale continua acabando com a gente"
sem o corpo carpe kênia lamounier
familiar de vítima desaparecida, em 25.07, 6 meses depois
"a dor de hoje apertou mais que os outros dias"
diz seu adair mendes rocha, que perdeu o filho luciano, o genro e 2 sobrinhos;
em 29.09, mais de 8 meses depois o corpo de luciano foi encontrado inteiro
no dia 4.10, outro corpo achado, o de carlos
totalizando 251 mortos, 19 desparecidos
e assim sucessivamente
— chora chôro chóro choramos choraremos

côrte do pequeno inquisidor da polícia política

as sessões gravadas de delações da lava-jato
                        são as novas representantes dos
inquéritos da santa inquisição

*

gente
estou tendo pesadelo agora em que fico ouvindo
as gravações
dos delatores da lava-jato

        eles estão me denunciando

3h30 18.04.2017

III. ROMAN À CLEF

nada que despossuímos sobrevive ao que gestamos

bruna mitrano (1985)

ludovika wittgenstein

Wovon man nicht sprechen kann
~~*darüber muss man schweiger*~~

sobre aquilo de que não se pode falar
deve-se poetizar

19.06.2019 22h

O PERGAMINHO

"ode" ao presidente "mito"-neonazi[20]

não se pode mais tomar como acalanto
a ode espúria dos cínicos

luci collin

olha jamais eu ia estuprar você que cê não merece
você é uma imoral tá vagabunda
chora agora chora agora vagabunda
ah vai dizer agora que você é uma coitada agora?
ô preta[gil] eu não vou discutir promiscuidade
                    com quem quer que seja
meus filhos foram muito bem educados
e não viveram em ambiente como lamentavelmente é o teu
eu fui num quilombo
olha o afrodescendente mais leve lá pesava sete arrobas
não fazem nada!
eu acho que nem pra procriador ele serve mais
não vai ter 1 centímetro demarcado pra reserva indígena
                              nem pra quilombola
tenho cinco filhos no quinto eu dei uma fraquejada
                              e veio uma mulher
o brasil não pode se transformar na casa da mãe joana
o erro da ditadura foi torturar e não matar
se um idiota num debate comigo se eu estiver lá falar sobre
                                                  [riso de escárnio]

---

20 autodenominado, dentre outros epítetos, de "capitão motosserra"

misoginia homofobia racismo baitolismo
eu não vou responder sobre isso
eu sou favorável à tortura tu sabe disso
sou anti-democrata com muito orgulho
só vai mudar quando partirmos pra uma guerra civil aqui dentro
fazendo o trabalho que o regime militar não fez
matando uns 30 mil
enquanto o país não tiver coragem de adotar a pena de morte
o crime de extermínio no meu entender será muito bem-vindo
não me sinto confortável em mostrar
o que é *golden shower*?
vamos combater a ideologia de gênero

quem é essa oab?
um dia se o presidente da oab quiser saber
como é que o pai dele desapareceu no período militar
eu conto pra ele
[michelle bachelet]diz ainda que o brasil perde espaço
democrático
mas se esquece de que seu país só não é uma cuba
graças aos que tiveram a coragem
de dar um basta à esquerda em 1973
entre esses comunistas o seu pai brigadeiro à época

vocês tv globo o tempo todo infernizam a minha vida porra

vocês não têm vergonha na cara
essa patifaria 24 horas contra a minha pessoa
querer me vincular [cara de pinóquio-do-mal-chorão]
à morte da mariela [sic]

seus patifes canalhas não vai colar
parem de trair o brasil
eu não deveria perder a linha sou presidente
da república
mas confesso que estou no meu limite com vocês
a verdade está do meu lado [chorando]
eu quero servir a minha pátria [batendo na mesa ensandecido]
como presidente da república

VOCÊS NÃO SÃO PATRIOTAS NÃO PENSAM NO BRASIL
vocês esculhambam a família 24 horas por dia
vocês querem prender um filho meu

senhor delegado eu quero te ouvir eu quero olhar no
teus olhos
[com a mão direita ameaçadora pra câmera]
o sr vai fazer a pergunta pra mim eu vou te responder(...)
pra gente buscar a solução de quem matou mariela
[sic sic sic]

o meu governo eu duvido que não seja
um dos mais democráticos dos últimos anos

leonardo dicaprio
pô cê tá
colaborando aí com a queimada na amazônia

a folha de são paulo não serve nem
pra forrar o galinheiro aí [aponta com a cabeça
pra dentro do palácio e ouve

LALÔMANO
o grito
entusiástico dos
seguidores e seguidoras:
mito mito mito mito]
(...)não é perseguição à imprensa

é modernidade
(...)eu não quero ler a folha mais; e ponto final...
até eles aprenderem
que tem uma passagem bíblica
joão 8:32

meus ídolos
dentre outros da mesma laia
são o torturador carlos alberto brilhante ulstra
e o narcotraficante pedófilo estuprador alfredo stroessner

falar que se passa fome no brasil é uma grande mentira

não vou adentrar em detalhes
[sic passim]

eu...johnny bravo...ganhou — porra
não peço — certas coisas eu mando
eu sou imbroxável[21]

---

[21] laudo: o paciente
tem transtorno delirante persistente

a ideologia invadiu nossos lares
para investir contra a célula-mater
de qualquer sociedade saudável: a família

michelle minha primeira-dama vc é tão cristã
veja só como trata a vovozinha
maria aparecida que mora no *sol nascente*

4.07.2019 15h41 rj/19.07.2019 bsb/
concluído às 00h43 de 5.08.2019/
retocado em 19.09.2019 às 11h15
em 25.09.2019 às 16h25
em 7.10.2019 às 22h40
em 29.11.2019 às...

mera coincidência

o delegado giniton lages
afirmou que o filho 04 do bolsonaro namorou
a filha do assassino de marielle[22]
este por sua vez aliás diga-se de passagem
vizinho do coiso

foi afastado do caso
mandado à itália pra estudar
a operação mãos limpas
precisava "descansar"

1º.07.2019 rj

*

o porteiro do condomínio *vivendas da barra*
registrou
para a casa 58
– a do atual mandatário da nação –
a entrada do homem
que foi motorista do carro de onde partiram
os 14 tiros

---

22 na casa do qual, bem lembrou no programa roda viva
o flávio dino,
se encontraram 117 fuzis

que mataram anderson e marielle
horas antes do assassinato
confirmando que recebeu
de *seu jair*
autorização para a entrada do carro
dirigido pelo elemento em questão

está sendo cassado
pelo desprocurador
e pelo capanga ministro
da injustiça

desdisse o que disse
antes que o galo cantasse
no quintal

21.11.2019 cwb

questão de hermenêutica

a ditadura no brasil não existiu
o que houve foi uma revolução
"clonclomada" pelos cidadãos de bem
contra a ameaça de comunismo

os assassinatos perpetrados pelos militares
na ocasião
foram tão somente "um probleminha"...de casal
afirmou o marechal pétain
quando mandou celebrar oficialmente
a data de 31 de março

concluído em 4 de julho de 2019 20h48 rj

semana santa

abriram uma cpi
na assembleia legislativa de sp
para investigar o suposto desvio de verba
destinado à doutrinação de esquerda
nas universidades públicas do estado

o deputado do partido *novo* declara:
"o conceito de universidade pública gratuita e estatal
deveria deixar de existir";
a deputada que adotou o mesmo sobrenome do messias
interroga o reitor da usp sobre por quê
foram distribuídas bolsas de mestrado e doutorado
para quem estuda o tema do aborto;
o suplente se exalta no interrogatório ao declarar
que a pm deve entrar no campus para combater
o uso da maconha por alunos da fflch
– faculdade de filosofia, letras e ciências humanas –
além de se revoltar com o fato de haver
"a utilização da faculdade para
oficina de órgão reprodutor feminino
e também uma série de cursos e oficinas
com relação ao fascismo
para combate
e arrumam um jeito de colocar o bolsonaro no meio
(...)quem autoriza essa autorização?"
"professor pode pesquisar e dar aula?"

resumo da ópera:
a cpi das universidades terminou
sem provar absolutamente nada
depois de dar muita dor de cabeça

20.04.19
atualizado em 8.10.19 19h24
retocado em 29.11.2019 15h14

heróis de nosso tempo

no dia 02.06
bolsonaro vai a público no tuíter
lamentar a morte
do mc reaça tales volpi
que se matou depois
de espancar a amante
grávida
"tinha o sonho de mudar
o país!", escreve bozo pensador
"será lembrado pelo dom, pela humildade,
e por seu amor pelo
brasil."
            na página do mc o comunicado
"venho aqui comunicar a
partida de um Herói,
ele queria mudar esse país,
um cara grande demais."

YIN YANG

aforismo ii

bandido bom é bandido morto
uma pinóia
bolsonaro doria witzel ibaneis datena ratinho *et caterva*
queria era ver se vocês apontariam a metralhadora pra vossos
filhinhos ratinhos

21h22 de 22.06.2019

dois poemas de ocasião

1. questão de semântica

bolsonaro chamou de idiotas úteis
os manifestantes que fomos às ruas
            contra os desmandos de seu governo

sou idiota
no sentido dostoievskiano
bolsonaro é idiota
no sentido bolsonariano

15 de maio de 2019

2. *os estados unidos acima de tudo*

o bozo comendo hambúrguer
numa lanchonete
com sua "equipe"
na hora do almoço em dallas[23]

---

[23] em new york bozo deixou de ser homenageado
pelo museu de história natural: "seu ódio não é bem-vindo aqui"
disse o prefeito bill de blasio
já basta o ódio de donald trump a inundar os eua

é uma das coisas mais patológicas que jamais vi[24]

para cristina lessa barreto
16 de maio de 2019/
retocado em 8 de outubro de 2019 19h42/
em 29 de novembro de 2019 às 17h53

---

[24] o josef stálin acabou
indo para a 73ª assembleia geral da onu
em new york
e proferindo um dos discursos
mais bizarros de todos os tempos
de um "líder" político
– nos bastidores da qual
casualmente
se encontrou com o CAPITAIN CHAOS
para os braços de quem correu
dizendo
"i love you"

epílio ii

> Não é fácil deixar o poema
> bem limpinho.
>
> **marcelo sandmann**

canta musa
a cólera de bolsonaro
contra a esquerda
contra o socialismo
contra a cor vermelha da bandeira
contra as leis de trânsito
contra a ancine
contra a libido
contra os professores
contra a imprensa
contra o serviço público
contra as ongs
contra as florestas
                    ("a porra da árvore")
contra isso aquilo e aquilo outro

canta musa
a cólera de wilson witzel
de sua metralhadora e de seus *snipers*
contra a população negra

canta musa
as teorias e perseguições
do astrólogo vagabundo
olavo de carvalho

canta musa
a cólera da ministra da agricultura
tereza cristina
latifundiária
com seus 262 agrotóxicos[25]
contra a plantação

eu te "clonclomo"[sic]
(ops...conclamo)
ó musa

canta musa
do telegram
os diálogos
entre sergio moro e deltan dallagnol
roberson pozzobon
        laura tessler (esta por eles mesmos excluída da távola)
josé robalinho cavalcanti

canta musa os negócios abscônditos
        de fabrício queiroz e flávio bolsonaro

---

[25] atualização automática do poema: já são 290 em 28.07.2019
já são 325 em 23.09.2019
já são 410 em 3.10.2019
etc

a vida dos milicianos condecorados pelo filho do el-chapo-local
e a de toda a sua *famiglia* empregada em gabinetes públicos

canta musa
a cólera do general augusto heleno
que já comandou 2 massacres
na "missão de paz" no haiti
          que declarou que no morro
          a polícia deve chegar atirando
disse que o lula "tinha que tomar uma prisão perpétua"
e que "tem que estudar como vai fazer
como vai conduzir" o novo AI 5 defendido pelo 02

canta musa
as palavras do porta-voz da presidência
general rêgo de barros

canta ainda
musa
as declarações improvisadas
do dito-cujo
nas cercas do palácio da alvorada

canta a caterva
musa
que "depois apagamos o conteúdo"
do teu canto

pátria amada salve salve

pensando em homero e marcelo sandmann
manhãzinha de 20.06.2019-corpus christi/
concluído às 13h31 de 30.06.2019/
retocado às 16h28 de 19.07 e às 14h26 de 23.07.2019
re-retocado às 18h53 de 23.09.2019
às 19h44 de 8.10.2019
às 22h10 de 28.11.2019

“meu partido é o brasil”

1

o brasil não pode ser um país do turismo gay
temos famílias
quem quiser vir aqui fazer sexo com uma mulher
fique à vontade

— nas manifestações a favor do bozo as pessoas
oram pelo messias
depois cantam o hino nacional
enroladas na bandeira do brasil

(de salto alto
madeixas com gigantescos topetes
e babyliss: as teteias cheias de teias)

vestidas com camisas verde-amarelas
da seleção brasileira de futebol
também cultuam o boneco inflável gigante
do ministro da injustiça e da insegurança pública
sergio fernandinho-beira-mar (ops)
vestido de super-homem
(patrimônio nacional
segundo o **NOT-MY CAPTAIN**)

concluído às 11h27 de 1º.07.2019 rj/
retocado às 00h13 de 29.07.2019 bsb
e às 9h25 de 20.11.2019 cwb

2

na noite de 12.07 cidadãos de bem de paraty
muitas mulheres
                    e crianças instrumentalizadas
de roupas e bandeiras verde-amarelas
ao som do hino nacional em versão funk
sob o beneplácito da pm local
soltaram fogos e rojões contra o barco
em que alceu castilho gregório duvivier
sérgio amadeu sabrina fernandes e glenn greenwald
estavam na flip

          pode botar aí que eu vou matar esse americano
eu — cidadão paratiense.
          vou meter uma bala nesse cara. eu sei
que você está gravando

19.07.2019 bsb

peace is our profession

na marcha para jesus
dr. strangelove rodeado de pastores e pastoras sorridentes
simula metralhar uma pessoa caída
— este o símbolo de seu governo de extrema-direita:
armas à mancheia
para execuções
abençoadas por deus

1º.07.2019 rj/concluído em 17.07.19 12h19 bsb

parem de nos matar

Bato à porta da pedra.
– Sou eu, me deixa entrar.

– Não tenho porta – diz a pedra.[26]

wislawa szymborska

quem mandou matar marielle franco?
quem mandou matar anderson gomes
quem matou quem mandou paulo sérgio almeida nascimento?
quem matou quem mandou matar amarildo dias?
quem matou quem mandou matar marcos vinícius da silva?
quem matou quem mandou matar evaldo rosa dos santos?
quem matou quem mandou matar luciano macedo?
quem matou quem mandou matar ágatha vitória félix?
quem matou quem mandou matar paulo paulino guajajara?
quem matou quem mandou matar francisco laércio de paula lima?
quem matou quem mandou matar   ?
quem matou quem mandou matar   ?

pergunta que não quer calar
quem matou quem mandou matar
minha filha meu filho minha neta minha família?

---

[26] Pukam do drzwi kamienia.
– To ja, wpuść mnie.

– Nie man drzwi – mówi kamień.
(tradução de regina przybycien)

eco eco eco eco eco eco eco eco eco...na pedra

1º.06.2019/concluído em 20.07.2019 11h11/
retocado em 23.09.2019 18h18
em 20.11.2019 8h49

aerococa ou eu acredito em papai noel

militar irrepreensível[27] de avião da fab
da comitiva do trafic... (ops...presidente)
foi pego na alfândega da espanha com 39 kg de cocaína

o bolsonaro desviou o seu voo para portugal
pra fingir que nada tinha a ver com aquilo

    ora
    milicianos!

estão os papagaios bolsominions a dizer
que isso foi um mero incidente diplomático
    ainda melhor:
il duce fez uma *live* dizendo que é "coincidência"
sugerindo uma conspiração contra ele

ho ho ho ho ho
— tipo aquela *live* em que o abrahamweintraub
explicava a matemática do corte
monstruoso no dinheiro das universidades
usando 100 chocolatinhos

---

27 leia-se "cidadão de bem"

a conta não fecha:
onde foi parar o quadragésimo kilo de coca?
ops... onde foi parar o chocolatinho que o messias
marmanjo comeu?

1º.07.2019-concluído em 17.07.2019 20h57

100
100
CEM REAIS
DESGOVERNO

ibaneis advocacia e consultoria

o famigerado inganeis (ops) rocha
atual governador do df

em 2014 declarou sobre um dos assassinos
do índio galdino[28]
de quem foi advogado para que assumisse o cargo de
policial civil

: ele pode levar uma vida normal[29]

em 26.03 disponibilizou seu jatinho bimotor big air 350[30]
                                                para ir buscar
michel temer na cadeia onde esteve preso por 4 dias

: [quanto gastou] não interessa [o avião] é meu faço

---

[28] o líder pataxó galdino jesus dos santos não pôde entrar na pensão
onde estava hospedado na w3sul porque chegou tarde
das manifestações e comemorações do dia do índio
e por isso se deitou dormiu
no banco da parada de ônibus ali perto;
na madrugada de 20 de abril de 1997
foi incendiado por cinco rapazes ricos
que queriam "dar um susto" nele
"pensamos que era um mendigo"
                    argumentou um dos algozes

[29] ibaneis é igualmente um excelente defensor
          de homens que agridem mulheres

[30] comprada a "ourives" do mt

com meu dinheiro o que quero
eu não ia deixar um homem de 78 anos
presidente do meu partido ter que pegar um avião de carreira
para voltar para a sua casa

: todos nós sabemos que não vai dar em nada
pois não há possibilidade de negociação de nada
no âmbito dos salários [no dia 8.05 sobre
a greve de servidores depois de se reunir
com o capitão presidente da república de curitiba...ops]

: não conheço ninguém que possa dizer que o serviço de metrô
no distrito federal
seja bem prestado
[em 18.07 depois do fim da greve de 77 dias dos metroviários]

enquanto isso defende ferrenhamente seu projeto de
militarização das escolas públicas
ajudado pelo capi...roto: "tem que impor"
ordenou o implacável

e sobre a reedição de seu decreto que legaliza a contratação de
parentes em cargos de confiança na administração do df

: eu adequei pras coisas ficarem realmente como têm que ser(...)
injustiças estavam existindo já há muito tempo (...) eu tenho
certeza de que o decreto não fere em momento nenhum a
constituição e a resolução do cnj que trata do nepotismo

retocado em 7.10.2019 19h59

educação moral e cívica

ernesto araújo ministro das relações exteriores do brasil
diz aos quatro ventos que o nazismo é um movimento de esquerda
her führer repete ("tem 'socialista' na sigla")

o aluno pergunta isso à professora
que leva bronca do coordenador da série
por ousar falar no assunto

ai de ti se não quiseres tirar foto com o coiso
ai de ti se fores falar em sala de aula da tradição literária das mulheres-guerreiras
— estarás defendendo a "ideologia de gênero"
esta "coisa do capeta" —
ai de ti se falares em público que os estudantes devem lutar contra o corte de gastos na educação

ai de ti se defenderes teus alunos da polícia
que invadiu a sala de aula
— terás o teu braço quebrado e tua prisão decretada

ai do diretor do ciep 210 em belford roxo-rj
pedro mara —negro gay
que estava na lista do assassino de marielle
teve de sair da cidade
correu o risco de ser exonerado
por "abandono de cargo"

em processo suspeito
[a perseguição que eu sofri esse ano deixou marcas
indeléveis
— contou ele no fb depois de receber
o prêmio paulo freire de educação]

aluno da banda do colégio militar de brasília que
no desfile de 7 de setembro gritou "lixo"
enquanto outros gritavam "mito" (e nada sofreram)
corre o risco de ser jubilado
— nas redes sociais recebe agressões e perseguições
por ser gay (e não branco)

agora tua aula de teatro é invadida
pela nervosa major da supervisão
que ouviu vocês
ousando ouvir o *vira-vira* dos mamonas assassinas
(parte de uma coreografia da peça
memórias póstumas de brás cubas–uma zarzuela)
"nas atuais circunstâncias que estamos vivendo
mamonas assassinas não é adequado
— a senhora tem que tirar essa música!!"

prova com texto de gregório duvivier
foi anulada
no colégio loyola de bh
a pedido de alguns pais

aprovou-se em primeiro turno
na câmara municipal de bh

o projeto de lei 247/17
que institui a *escola sem partido*

no colégio da polícia militar 1 em manaus-am
professor de português foi estapeado
encurralado
trancado numa sala
com a arma apontada para sua cabeça
e xingado de "professor de merda"
pelo tenente-coronel diretor e seus asseclas
— mesmo colégio onde 2 professoras sofreram
assédio sexual por pm da "equipe" in-docente

pad-processo administrativo disciplinar
sindicância

perseguição institucional
canal para denúncias no site do mec

"eu vou filmar todas as suas aulas e colocar na internet"

"professor é pra educar e não doutrinar"
tuíta o "excrementíssimo presidente"[31]

"como você se livra dessa doutrinação?
eu acho que diminuindo o poder absoluto hegemônico
que hoje tem nessas madrastas de doutrinação
que são as universidades federais (...)

---

31 expressão de maria esther maciel

você tem plantações extensivas de maconha
em algumas universidades
(...)ou coisas piores
você pega laboratórios de química —
uma faculdade de química não era um centro de doutrinação
— desenvolvendo laboratório de droga sintética
de metanfetamina
porque a polícia não pode entrar nos *campi*"

constata abilolado
herr minister
que
xinga no tuíter
quem quer que não concorde
com sua "filosofia" educacional

1º.07.2019-concluído em 17.07.2019 9h44/
retocado em 23.09.2019 17h56
em 15.10.2019 17h58 — dia dos professores
em 22.11.2019 16h04

juiz ladrão

bozo mais paulo tchuchuca (ou melhor paulo *tigrão*) guedes[32]
e grande elenco
foram ao mineirão
assistir o jogo entre brasil e argentina
bozo desfilou no intervalo e levou vaia
mas a globo de desgovernos velha caftina
não mostrou
— não sei por que o bozo implica com a rede
tão-querida-dele globo —

sua volta olímpica pelo gramado foi reclamada em carta
enviada
pela afa à conmebol

cafú e neymar lamberam as botas até ficar com
a língua engraxada

na final da copa américa no maracanã lá estavam todos de novo
então o juiz a tiracolo

---

[32] o senhor é tigrão quando é com os aposentados com os idosos
com os portadores de necessidades...o senhor é tigrão quando é
com os agricultores com os professores...mas é tchutchuca quando
mexe com a turma mais privilegiada do nosso país
atalhou para paulo guedes zeca dirceu –
excelentemente parodiado por clarisse johansson
na peça roda viva no teatro oficina

como fôra dias antes no mané garrincha
— o joão saldanha p.ex. se revirando no túmulo

eis que o papa francisco divulgou mundialmente em 3 de julho
um vídeo em que diz que juízes devem ser
“isentos de favoritismos e de pressões que possam contaminar
as decisões que devem tomar”
“os juízes devem seguir o exemplo de jesus
que nunca negocia a verdade”

o *russo* num vai intendê isso siô! o coiso também não!
o jogo deles faz tempo começou
a galera deste time só compreende
a extinção da punibilidade
            pra pm exterminar negros e negras na favela
                        com requintes de crueldade
e a excludente de ilicitude
            pra fazendeiro matar sem-terra à vontade
(como se já não há muito o fizesse)[33]

ou vice-versa
— o importante é vestir a camisa
do time campeão
como a do flamengo
na libertadores da américa

todavia
é proibido usar faixa

---

[33] vide cabra marcado pra morrer de eduardo coutinho

de “botafogo antifascista”
sob pena de se ser abordada
na arquibancada

e vamos cantar o hino patriotas de plantão
pátria amada brasil
salve a puta que nos pariu

[mas o jogo só acaba quando termina
já dizia vicente matheus]

concluído às 18h48 de 17 de julho de 2019
retocado às 22h10 de 27 de novembro de 2019
às 14h51 de 10 de dezembro de 2019

saudação

– POUCA SAÚDE E MUITA SAÚVA,
OS MALES DO BRASIL SÃO!

mário de andrade

o brasil
deus
os yankees
o hambúrguer frito
acima de tudo

travail famille patrie

pátria amada salve salve

escritório do crime

misóginos senhores e senhoras
escravocratas autoritários
arrancam tua pele num segundo

jorge abreu

o senhor dos exércitos:
pena que não foi na indonésia
créu sifu se deu mal tá ok?
quero beneficiar meu filho sim

não humilha cara kkkkkk

apresento aos senhores um novo brasil
que ressurge depois de estar à beira do socialismo
o que nos colocou numa situação
(...)de ataques ininterruptos aos valores familiares e religiosos
que formam nossas tradições

cês querem me derrubar? eu tenho o couro duro
vai ser difícil

o exterminador do futuro:
a polícia vai fazer o correto
vai mirar na cabecinha e....fogo
nós vamos te matar
continuaremos assim
quem usa droga ajudou a apertar esse gatilho

o italiano matinazzo
do grupo *filhos de januario 1*[34]:
essas conversas são conversas
que você teria na mesa de casa com a família

agora não não não vamo alardear isso aí
não vamo falar pra ninguém...
pra evitar precipitar recurso de quem tem uma posição
contrária à nossa
abraaaaços...falou

vamos organizar congressos e eventos e lucrar, ok? (...)
aproveitar nosso networking e visibilidade(...)
total líquido das palestras e livros daria uns 400k

se vc topar vou te pedir pra ser laranja
em outra coisa que tou articulando kkkk

in fux we trust aha uhu o fachin é nosso

...E agora, José?[35]

o russo:

quanto ao conteúdo
no que diz respeito à minha pessoa
eu não vi nada de mais

---

[34] é um pessoal que minimamente não "respeita januário"

[35] drummond?????motherfucker!!!

nem posso dizer que são autênticas porque
são coisas que aconteceram
se aconteceram há anos atrás
são mensagens sobre[sic] as quais eu não me recordo

a tortura
(ops...disciplina)
em presídios(...)é imprescindível e inegociável

fala o *patrimônio*
nacional t
o
m
b
a
d
o

foi uma falta de sorte diz o general heleno sobre o militar preso
na espanha com 39 kg de cocaína no avião presidencial
[única franquia de bagagem que o imperador libera pra galera]

mas *herr führer* ficou zangadinho
por causa das críticas a sua política ambiental no g20 em osaka
pediu respeito
não foi à reunião "pra ser advertido"
tá ok?[36]

---

[36] falou pra fraulein
"na questão da psicose ambientalista que existe para conosco"
antes dos escandalosos incêndios das florestas nacionais

o estado é laico mas eu sou (terrivelmente) cristão
mas eu sou miliciano
mas eu sou bandido
mas eu furo sinal vermelho
mas eu tenho filhos bandidos

é uma defesa do 01[37] (ops...do cidadão) diz o pactário dias toffoli
presidente do supremo tribunal federal
ao suspender todas as investigações
(que não forem previamente "autorizadas")
sobre operações financeiras suspeitas no país[38]

onde está wally?[39]

por vias democráticas
a transformação que o brasil quer
não acontecerá
diz o carluxo

se quiser fechar o stf
cê não manda nem um jipe — cara
manda 1 soldado e 1 cabo
se a esquerda radicalizar
a gente vai precisar ter uma resposta
ela pode ser via um novo AI5
diz o edu 03

---

[37] leia-se flávio bolsonaro

[38] medida derrubada pelo plenário da côrte em 28.11

[39] leia-se fabrício queiroz – desaparecidamente encontrável em áudios

brinde da ocrim deste poema: onyx lonrenzoni com sua careca
cheia de caixa 2
sobre os cortes (ops...contigenciamento) na educação:
é que nem o pai que tem um salário e sabe que tem que comprar
o vestido de 15 anos da filha lá em outubro mas ele está em maio
e diz: ih pode ser que não dê então eu não vou sair para comprar
churrasco não vai ter cervejinha no final de semana

segundo brinde da ocrim deste poema: damares alves
a nossa digníssima *mestra* em educação
determinando em alto e bom tom — atenção atenção
é uma nova era no brasil
menino veste azul e menina veste rosa
estou aqui há 24 horas
e ninguém me ofereceu ainda um cigarro de maconha
e nenhuma menina introduziu um crucifixo na vagina...[40]

terceiro brinde da ocrim deste poema: link do youtube com o
chicago boy (o tchutchuca virado no tigrão)
dizendo
não se assustem se alguém então pedir o AI5

---

[40] este brinde dá direito
ao ganhador ou à ganhadora de levar também
um pergaminho com o discurso do ministro do meio ambiente ricardo
salles juntamente com um ticket para passear
por plantações de laranja
acompanhado(a)
pela sua excrescência marcelo álvaro
antônio ministro do turismo

quarto brinde da ocrim deste poema: alguns objetos como
a) um troféu da *champions league* oferecido pelo
deputado boca aberta;
b) um cd do lobão (única música do *mundo* permitida
na organização)[41]; c) um livro de olavo de carvalho
de capa verde-gargalhada
ou o clássico best-seller de carlos alberto brilhante ulstra em pdf;
d) uma espada de fogo feminina
that is: a *bíblia de estudo da mulher de fé* de michelle bolsonaro
toda anotada com um marcador do alfabeto em libras;
e) um guarda-chuva escangalhado e um livro do escritor *kafta*
do acervo do ministro abrarrrannnn; f)
uma foto de carluxo (o 02)
com o primo *índio* e uma caderneta
com originais dos rascunhos de tuítes do mesmo carluxo;
g) um potinho de lágrimas de rodrigo maia

último brinde da ocrim deste poema: a verdade (joão 8:32)

para luci collin
concluído às 17h49 de 20.07.2019/
retocado às 8h309 de 25.09.2019
às 18h52 de 8.10.2019
às 14h19 de 15.10.2019
às 12h16 de 9.11.2019
às 8h49 de 30.11.2019

[41] com a qual o músico já rompeu
– portanto aproveite o leitorado
antes que este também seja interditado

para que não houvesse solução de continuidade entre os dois governos

a pec do fim do mundo do vampiro da transilvânia
foi complementada
pela mp da reforma da previdência
    negociada e aprovada por meio de compra de votos
— o fanfarrão minésio liberou 5,6 bi de emendas
    aos fiéis
da bancada bbb[42]
da do centrão
e de outras oportunistas

— posteriormente
adicionada
de mais 3 pecs devastadoras
sobre as quais
minha pena
borra a página

9.07.2019/concluído em 15.10.2019
retocado em 22.11.2019

[42] da bala, do boi, da bíblia – no dizer de erika kokay

future-se

programa de privatização (ops...desenvolvimento) da educação
obviamente dedicado à irmã do excelentíssimo
sr. ministro da economia
paulo[tigrão] guedes — a digníssima senhora elizabeth
[tchutchuca] guedes
vice-presidente da anup-associação nacional
das universidades privadas
com quem o mec assinou acordo de cooperação

as universidades são do povo diz *herr minister*
(mas vão receber castigo por "promoverem balbúrdia")

continua ele:
eu tenho de enfrentar esse exército [de professores federais]
EU TENHO QUE IR ATRÁS DE ONDE TÁ A ZEBRA
MAIS GORRRRDA
que é O PROFESSORRRRRR[...] COM DEDICAÇÃO EXCLUSIVA[43]

coitado do futuro[44]

---

[43] será que vou ter que fugir do país agora que
herr abrahhhanmm vem atrás de mim?
[44] future-se para eles é 'fatura-se' e, para a gente, 'dane-se'
– diz adriana vasconcellos
professora da rede pública de são paulo

foda-se
pátria amada idolatrada salve salve

20.07.2019/retocado em 24.09.2019 16h12
re-retocado em 7.10.2019 20h12
em 10.12.2019 14h23

holocausto

ágatha era santinha virtuosa
menina-maravilha
vitória
feliz

até que um ímpio tiro de fuzil

projétil
do projeto
de extermínio
de um tempo bolsomínio

sua vida ceifou

derrota
desinfeliz

23 de setembro de 2019 21h48
primeiro dia de primavera

fahrenheit 451

> (...) you grown-ups don't give a shit to my future
> (...) our house is on fire
>
> **greta thunberg**

mais de 100.000 focos de incêndio
no país (82% de aumento
em relação ao período de janeiro a agosto do ano passado)
desmatamento na amazônia cresceu 278% no mês de julho
em relação ao mesmo mês do ano passado
e 29,5% entre agosto de 2018 e julho de 2019)

[*how dare you?* — perguntou ontem gretha thunberg
de apenas 16 anos
aos líderes mundiais
na cúpula do clima na onu
da qual o brasil não mostrou interesse
em participar

— they dare infortunately]

manifestantes com placas do tipo "- onu + família"
aos gritos chamando a pensadora judith butler
de bruxa
foram para a porta do sesc pompeia
no dia 7.11.2017
protestar contra a sua palestra de abertura do seminário
os fins da democracia

queimando boneco com seu rosto
ao som do pai-nosso
        no dia 10.11.2017
no embarque do aeroporto de congonhas
judith foi agredida por uma mulher destemperada
que também vituperou contra

saída do país da antropóloga débora diniz
que defende direitos reprodutivos da mulher
saída do país do político de esquerda jean wyllys
saída do país da filósofa marcia tiburi
— gravemente ameaçados de morte

proibição pelo fundamentalista cristão marcelo crivella
        prefeito do rio de janeiro
da comercialização do quadrinho
vingadores: a cruzada das crianças
e tentativa de recolhimento pela seop[45]
de livros com temática lgbt
                        na bienal

perseguição e ameaças nas redes ao youtuber felipe neto
por ele ter comprado e distribuído gratuitamente 14 mil livros
em reação à cruzada do alcaide
— conseqüente saída do país da mãe de felipe
ameaçada pelo carluxo de receber o mesmo tratamento
que ele deu a marielle

[45] secretaria de ordem pública

(se isso não é confissão de assassinato
não sei mais o que pode ser)

moção de repúdio do deputado
jessé lopes (psl-sc)
ao livro de poesia *o útero é do tamanho de um punho*
de angélica freitas
— adotado por duas universidades públicas
no programa do próximo vestibular —
porque *fere valores cristãos*

retirada do livro *enfim, capivaras*
de luísa geisler
da feira do livro de nova hartz
por não ser *adequado para jovens*

censura às perguntas de pesquisa e consequente corte no ibge
censura às perguntas relacionadas a
questões de gênero na prova do enem[46]
        extinção por decreto de todos os cargos remunerados
        do mecanismo internacional de combate à tortura

transformação do coaf em uif[47]
desmonte da embrapa
desmantelamento do ibama
suspensão do fundo-amazônia

---

[46] "não vai ter isso daí"

[47] unidade de "inteligência" financeira

censura a e descaso com os dados do inpe[48] sobre desmatamento
e posterior exoneração (à força) do seu presidente

tentativa de impedir que documentário
        sobre chico buarque fosse mostrado no uruguai
        (complementar recusa ridícula do sem-nome
        de assinar o prêmio camões
        recebido em portugal pelo compositor)

censura afrontosa ao curta-metragem *afronte*
co-dirigido por bruno victor santos
[sou diretor de cinema preto e bixa
por causa disso b. censurou meu filme]

        cerceamento de editais
        de cultura e de mostras teatrais

tomada da cinemateca brasileira
por militares
que agora organizam mostra de filmes do exército

cancelamento de bolsas de estudos da capes e do cnpq

aprovação em 25.09 pelo senado
do novo procurador geral da república
que assinou (diz ele que sem ler) carta da anajure[49]
defendendo a famigerada"cura gay"

---

[48] instituto nacional de pesquisas espaciais
[49] associação nacional dos juristas evangélicos

e que a "instituição familiar deve
ser preservada como heterossexual"[50]

transmissão do falacioso documentário
1964, o Brasil entre armas e livros
capitaneada pelo 03
em 7.11 na praça em frente à
igreja nossa senhora do rosário de pompéia
sob protestos da comunidade da vila planalto

cancelamento da estreia no dia 20.11
do filme *marighella*
dirigido por wagner moura

ofensas a fernanda montegro que fez ensaio fotográfico
para a revista *quatro cinco um*
vestida de bruxa amarrada com uma grande corda
e prestes a ser queimada numa fogueira de livros
[
"sórdida" "mentirosa" "canalha"
insultou o então diretor do centro de artes cênicas da funarte
— de mulher notório agressor

---

[50] [— este não viu em 29.11
"indícios mínimos da ocorrência de
ílicito criminal" no fato de bozo ter dito
no dia 2.11 que "antes que fosse adulterado(...)
nós pegamos
toda a memória da secretária eletrônica"
do condomínio vivendas da barra
— cf.poema mera coincidência supra]

que convocou apoiadores para uma guerra
contra a
"esquerda cultural"
e para quem a classe teatral "essa corja"
está "denegrindo nossa sagrada herança judaico-cristã"

consequência:
com esses argumentos de merda
logo foi alçado ao cargo de secretário de cultura
proferindo na unesco no dia 19.11 um discurso de merda
do qual reproduzo aqui um pedacinho de merda:
a arte brasileira transformou-se em um meio
para escravizar a mentalidade do povo
em nome de um violento projeto de poder
esquerdista
]

intolerância religiosa contra terreiros
["fecha jesus
satanás tem que cair"
gritavam evangélicos em ataque à casa de mãe rosa
em algoinhas-ba no dia 27.05]

Isto que parece um simples inventário, eram notas
que eu havia tomado para um capítulo triste e vulgar
que não escrevo[51]

---

[51] machado de assis: capítulo XLV
de memórias póstumas de brás cubas

concluído às 22h01 de 25.09.2019
retocado às 14h25 de 15.10.2019
às 15h07 de 15.10.2019
às 18h37 de 22.11.2019
às 19h19 de 27.11.2019[52]

[52] "o clima que vemos no brasil hoje é
assustadoramente semelhante
à situação que existia nos nossos países
no início da guerra civil" afirmou
o escritor angolano josé eduardo agualusa
ao lado do moçambicano mia couto –
que completou:
"mesmo os governos militares brasileiros
não tiveram essa política de
terra queimada"

liberticídio

o gângster lex (nixon) luthor[53]
ficou puto com a patota

abandonou
seu partido liberal
corrupto
        e criou outro
novinho em folha
        disrupto

ABRACADABRA

sai da cartola
no dia 21.11
o partido (calibre) 38
        da
NECROPOLÍTICA[54]

pronto para crivar de balas
quem
se oponha

---

53 leia-se capitão reformado da caserna
que ele mesmo ameaçou explodir com bombas
54 vide livro do filósofo camaronês achille mbembe

à apb-aliança pelo brasil
no combate à "ideologia de gênero"
"em defesa da(...)legítima defesa"

— e para a glo-garantia da lei e da ordem
um pl-projeto de lei
específico
de modo a instaurar
definitivamente
a excludente de ilicitude
supramencionada
para as forças armadas

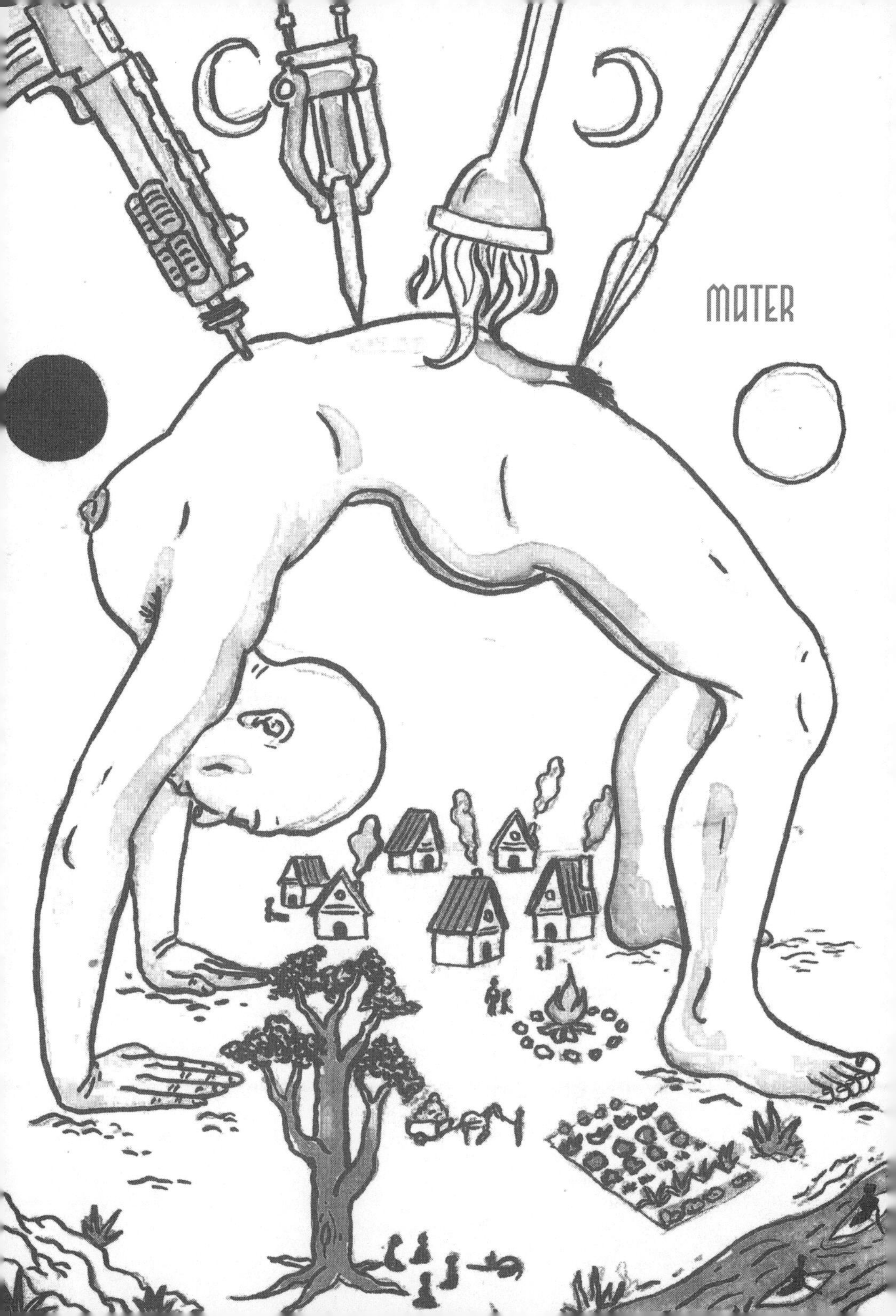
MATER

guardiões da floresta

ato contínuo à declaração do irresponsável pábulo
de que quer liberar
a mineração de ouro nas terras indígenas
          houve invasão de várias aldeias
por cerca de 50 garimpeiros armados
com torturas e ameaças inclusive a crianças e mulheres

foi assassinado
o líder da terra indígena waijãpi
— o cacique emyra waiãpi
de 68 anos
                    com várias facadas no corpo inclusive no pênis
                    e jogado no rio
                              (ah teve também o olho arrancado)

                    laudo oficial: morto por afogamento

                    foi muito feio
                              relatou em vídeo viceni waijãpi
coordenador das aldeias:
esse (invasão de não-indígenas) não é de agora...
é de muito tempo — desde década de 70 80 e 2000...
o que nós deixou assim revoltado
[é] porque foi assassinado um liderança waiãpi
          os outro que tinha a gente conseguia pegar eles
e entregava pra mão da polícia federal
só que esses...fugiram pra mata

(...) nós estamos com grande preocupação
porque cada vez mais está aumentando ameaça
dos liderança assassinado...liderança principal que está
sendo assassinado como agora na terra de emyra waiãpi
uma liderança waiãpi importante
...não somente do amazonas mas do brasil inteiro

na cidade de tabatinga-am na noite do dia 7 de setembro
em frente a sua família
foi alvejado com um tiro na nuca
o indigenista maxciel pereira dos santos

[nossa amazônia permanece praticamente intocada
(...) acabou o monopólio do senhor raoni[55]
— contesta o kublai khan no dia 24.09
em discurso na assembleia geral da onu
sob o beneplácito de ysani kalapalo
xinguense enrolada na bandeira que viajou na comitiva
do imperador
tendo sido contestada em carta aberta por lideranças de
16 povos do xingu
inclusive pelo cacique da etnia kalapalo]

...nós que somos guardiões da floresta cuidamos da floresta

---

[55] o cacique raoni metuktire kaiapó de 89 anos
indicado para o prêmio nobel da paz respondeu ao solilóquio:
bolsonaro falou que não sou liderança;
ele que não é liderança, tem que sair
(sai fora
narigão vermelho – protótipo mau do pinóquio)

não queremos mais morrer
não queremos mais morrer
não queremos mais morrer
não queremos mais morrer

a polícia civil diz que jorge guajajara
morreu afogado acidentalmente

a terra indígena arariboia tem 413.288
hectares de extensão

não queremos mais morrer
não queremos mais morrer

e nós contamos com o apoio de todas
as pessoas que lutam por justiça
diz em vídeo sonia guajajara

depois da emboscada que
no dia 1º.11
deixou ferido
laércio guajajara

matou
paulo paulino guajajara
— o lobo mau —

e em seguida
incendiou a floresta

nas aldeias
dos guarani-kaiowá
indígenas neo-pentecostais
recém-convertidos
com chicotes e facões
atacaram as anciãs das tribos
chamando-as de
          BRUXAS
          FEITICEIRAS

no dia 26.11
em alter do chão-pa
4 brigadistas voluntários
foram presos
sem provas
por supostamente "tacar fogo
na floresta" para receber doações
("a casa caiu" cacareja
nero — o incendiário)
          detalhe: o juiz que decretou a prisão
          é filho de donos de madeireiras

no dia 27.11
o cadhu-coletivo de advocacia
em direitos humanos
e a comissão arns
denunciaram ao tpi-tribunal penal internacional
o presidente do brasil
por crimes contra a humanidade
e incitação ao genocídio de povos indígenas

no dia 7.12
outro atentado:
vindos de uma reunião
da eletronorte com lideranças indígenas
4 ficaram gravemente feridas
alvejadas de dentro de um carro branco
tendo sido mortos os caciques
firmino silvino guajajara
e raimundo bernice guajajara
da terra indígena cana brava
perto de barra do corda-ma

não queremos mais morrer
não queremos mais morrer

no dia...

concluído em 30.11.2019 14h06
retocado em 10.12.2019 15h37

catástrofe

entrementes uma língua preta de óleo-ódio envenena
todo o litoral nordeste do país
seguindo devastadora em direção ao norte e ao sul

petróleo cru
dizem que lançado por um navio fantasma

recifes
corais
peixes
pessoas

peçonha
cola tóxica que não desgruda

o pescador edinaldo rodrigues de freitas
pensou em afundar seu barco em alto-mar
— vivo em um inferno hoje
(...) estou à flor da pele

concluído em 30.11.2019 às 10h21

paraisópolis

o paraíso é aqui
pra quem nasce
preto e pobre

domingo 1º.12.2019
depois de massacre
de 9 jovens em baile funk
na supramencionada favela
pela enaltecida pm[56]
acrescido
pelo extermínio de 1 morador de rua
— na rua do pacificador —

[56] "a política de segurança pública do estado de são paulo
não vai mudar(...) é a mais eficiente de todo o brasil"
celebra o implacável caucasiano
governador jorge doria
no dia 2.12

advertência

presque-fini senhoras leitoras senhores leitores ! ! !

esta é uma obra de ficção
qualquer semelhança
com nomes pessoas factos ou situações
da vida real
terá sido mera coincidência[57]

silvio santos[58] *vem aí... lá lá... lá lá lá lá*

pronto! falei

"E mais não digo, porque a Musa topa
Em apa, epa, ipa, opa, upa."

este poema "se autodestruirá
em cinco segundos"

---

[57] concluída às 23h30 de 28 de julho de 2019/
retocada às 00h56 de 29 de julho de 2019/
às 3h18 de 5 de agosto de 2019/
às 16h19 de 24 de setembro de 2019
às 14h12 de 25 de setembro de 2019
às 20h14 de 7.10.2019
às 21h49 de 15.10.2019
às 14h07 de 30.11.2019
às 16h34 de 10.12.2019
– anotem aí este ano

[58] o pai de adolf hitler — vide programa do mesmo em 3.11.2019

notícia de brasília em junho

armando
meu querido amigo
há tempo não te escrevo
não é por falta de assunto
diga-se de passagem
assuntos políticos da era bolsonaro — centenas de milhares de absurdos
que nos deixam boquiabertos
absortos
assuntos poéticos muitos — centenas de milhares de versos
pra desmanchar este governo
espúrio

vou ao rio
chegarei dia 28 de noite
vamos nos ver?
minha filha vai cantar no dia 30 em ipanema

tua
luciana

25.06.2019 6h24

o menino é pai do homem

com 15 anos de idade
o bozo adolescente
ajudava os milicos
a caçar
guerrilheiros na mata

1º.07.2019 rj

ecce femina
ou ainda *esquerda festiva*

agradeço aos astros e deusas
por não ter sido adulta
sob a égide da ditadura militar que
vigia em meu país

porque sem sombra de dúvidas
eu teria sucumbido
pelo conluio e consórcio de tantas delatoras
                                        e delatores
indigentes e invejosos
deste talento e vivacidade
desta argúcia e inteligência
deste escracho verbal e descaramento
desta minha atitude libertária
                                        frente à vida

e de todo o resto que
nem cabe enumerar
aqui
       sob pena
de eu parecer pretensiosa

around 2015

O ESPELHO

monte alegre

do meu pedaço de floresta
sinto
ouço
enxergo
o dia amanhecer

mas a *dedirósea aurora*
descortina
um país
banhado em sangue

28.11.2019 às 6h15

ode 11

cospe o dia *quam minimum credula postero*

à horda de parentes primxs
conhecidxs de vida de esquina de facebook
(agora bloqueados)
que se fotografaram
ridentes
fazendo arminha com as mãos
— o símbolo fálico revelador deste governo de
extrema-direita[59] —
com camisas do 17 mais parecidas com as de um filme b de terror

eu cuspo este canto
eu bosto com austeridade
pra posteridade
— a besteiridade

"não fala mal do bolsonaro que eu sou tarada por ele"

oh *mãezinha do céu*
eu não sei rezar
eu sei é cantar

---

[59] desta
no dizer melhor de marcos bagno
protoditadura de lunáticos

eu cuspo eu escarro
este canto

17.07.2019 11h24 bsb

despedida

"— Pois então, rival: Vá-pá-à-pá mer-per-da-pá!"

FUI

esses poemas-impropérios gestados nas coxas (como zeus gestou dionísio) dedico para[60]

abdellatif kechiche
achille mbembe
aciran carvalho martins
adalberto müller
adão iturrusgarai
adão ventura
adélia prado
adélia sampaio
ademar danilo
ademir demarchi
adília lopes
adilson dias
adirley queirós
adrian molina
adriana calcanhoto
adriana lisboa
adriana peregrino
agatha azevedo
agatha pitombo
age de carvalho
ailton krenak
ainsley gardiner
ajo
alan kardec pacheco
alane dantas
albert dupontel

---

[60] gente, vou logo avisando: cometi o crime de nepotismo nesta dedicatória
onde todavia não coloquei minha filha — ela somente foi nomeada
a embaixatriz da ilustração
passim espalhada

alberto pucheu
alceanny da silva guajajara
alceu valença
alcides villaça
ale santos
alejandro gonzález iñárritu
alessander thomaz
alessandra molina
alex queiroz
alexandr sokurov
alexandra moraes
alexandre agnolon
alexandre ribondi
alexe poukine
alfonso cuarón
alfredo bosi
alice caymmi
alice hohrwacher
alice munro
alice ruiz
alice sant'anna
alice stefânia
alice walker
alicia alonso merino
alicia salinas
alison bechdel
almandrade
alvaro braga
álvaro delgado-aparicio
álvaro faleiros
aly muritiba
amanda álvares ferreira

amanda lovelace
amara moira
amélie nothomb
ana beatriz andrade
ana borges
ana carolina teixeira soares
ana cecília oliveira
ana cristina barragán
ana de lemos
ana elisa ribeiro
ana hortência egito
ana lidia guerrero
ana lucia sousa martins
ana luísa escorel
ana luiza de sousa oliveira
ana maria gonçalves
ana maria machado
ana martins marques
ana miranda
ana oli
ana peluso
ana rita reis
ana rita valadares
anaïs barbeau-lavalette
anaïs rubis
ananda mele
andré abujamra
andré dahmer
andré noblat
andré trigueiro
andréa beltrão
andréa bueno

andréa del fuego
andréa oliveira
andréia melati
andrew bird
andrey zvyagintsev
anelis assumpção
angela davis
angeli
angélica alencar
angélica freitas
anna muylaert
anne enright
anne fontaine
annita costa malufe
antônia carneiro de azevedo
antonia pellegrino
antonio carlos lima
antonio cicero
antonio nóbrega
antonio pitanga
antonio thadeu wojciechowski
antonio zambujo
arlete machado
arlete sampaio
armando freitas filho
arnaldo antunes
aroldo pereira
artur almeida de ataíde
artur costrino
ashgar farahid
asia argento
augusto de campos

augusto joaquim
ava rocha
ayobami adebayo
bahiyyih nakhjavani
bansky
bárbara coelho
barbara stok
bárbara tanaka
barry jenkins
beatriz viégas-faria
benjamin moser
bel hooks
béla tarr
benito rodriguez
bernardo carvalho
beto ehongue
bia lessa
bia queiroz
bidô galvão
boaventura de sousa santos
bob dylan
bob welfeson
bong jooh-on
branca correa
bráulio bessa
brenda marques pena
bruna beber
bruna da silva
bruna martins
bruna mitrano
bruna tourão
bruno gafanhoto

bruno sartori
caetano veloso
cacá diegues
cacau protásio
caco galhardo
caio polito
camila cayiê
camila márdila
camila marques
camila meskell
camila pitanga
camille chiarello le guerroué
cândido rolim
carla camurati
carla coreira
carla graciano
carla rocha
carlos de assumpção
carlos latuff
carlos loria
carlos travassos
carol almeida
carol bensimon
carol conka
castorina nava sousa
catarina accioly
cecília oliveira
cédric klapisch
celia regina pijak
céline sciamma
celso borges
celso pires araújo

césar lavalle
césar ribeiro
céu
ceumar
chantal castelli
charles a perrone
chi modu
chico buarque
chico césar
chico chico
chico colvard
chimamanda ngozi adichie
chiquinho livreiro
christiane silva pinto
cida bento
cida pedrosa
cidinha da silva
cinthia oliveira
ciro guerra
clara gomes
clara law
clara maria matos
clara marques
clarice sandmann
clarisse de oliveira borges
clarisse johansson
claudia aguiyrre
claudia cavalcanti
claudia rankine
claudia roquette-pinto
claudio daniel
cláudio giordano

cláudio portella
claudio willer
claire denis
claufe rodrigues
clint eastwood
colson whitehead
conceição evaristo
conceição freitas
contardo calligaris
criolo
cristiane grando
cristiane sobral
cristina gallego
cristina lessa barreto
cynara menezes
dafne drumond boni
dalton trevisan
damián szifron
dandara neves marques
dani black
daniel dago
daniel laabs
daniel neri
danieli lima
dareen tatour
davi lins ribeiro
david byrne
david lynch
david mamet
david miranda
débora dos falsetes
delson antunes

delta martins
demétrio panarotto
denilson lopes
denilson sousa melo
deniz gamze ergüven
di melo
diana andrade
diego carvajal
diego costelo
dira paes
dirce waltrick do amarante
djamila ribeiro
djavan
dolores aguirre
dominique calixto
dorota kobiela
drauzio varella
dríade aguiar
duda beat
edmilson bibiani
edson cruz
eduardo martins carrenho
eduardo suplicy
eduardo viveiros de castro
eduardo weaver
efraim medina reyes
egberto gismonti
eiléan ní chuilleanáin
eladio oduber pelencia
eldi martins
eleotério burrego
eliana carneiro

eliana martins soares
eliane brum
eliane dias
eliane leal
eliane robert moraes
elisa carneiro
elisa leal
elisa lucinda
elisa martins carrenho
eliza capai
elizabeth hazin
elizabeth mirzaei
elizah rodrigues
ellen cristina
ellen oléria
elza soares
emanuel lavor
emicida
emilia vitória
eminem
emma siliprandi
emme paixão
engel espíritus
enrica antonioni
enrica pérez
enrique vila-matas
érika bauer
ernandes fialho
estela may
etel frota
ethan coen
eucanaã ferraz

evandro carlos jardim
evandro nascimento
eveline sin
everlane moraes
fábia pessoa
fabiane langona
fábio eleutério
fabiola de andrade
fanny brandes
fanny hellen
fanny herrero
fatih akin
fátima zaupa
fauzi beydoun
fefê camilo
felícia johansson
félix alberto lima
fernanda lima sousa
fernanda montenegro
fernanda r miranda
fernanda torres
fernando abreu
fernando adolfo
fernando lopes
fernando paixão
filipe catto
flavia lima
flávia oliveira
flavio de souza
florence jaugey
frances barnes
francicarlos diniz

francis hime
francisco alvim
francisco bosco
francisco sandmann
françois ozon
frederic rubis
frieda ekotto
gabriel arcanjo albuquerque
gabriel grossi
gabriel moura azevedo
gabriela amaral almeida
gabriela correa
gabriela gomes soares
gabriela masson
gabriela menezes
gilberto gil
gioconda caputo
gioconda belli
giorgio agamben
giovani di ganzá
giovanna cassoto
gita mehta
gladys nava sousa
gláucio irmão
glauco mattoso
glenn greenwald
gloria pires
gloria rolando
glória teixeira
gonçalo m. tavares
graça henriques
graça ramos

grace passô
grace torres
grada kilomba
gregório duvivier
greta thunberg
guian johansson
guilherme boulos
guilherme gontijo flores
guilherme martins soares
guilherme müller
guillaume gallienne
gulistan mirzaei
gustavo pandolfo
haifaa al-mansour
hanan al-hroub
hanif kureishi
hari sama
haruki murakami
heider morais
hélder pinheiro
helena bertho
hélène gustin
heloisa buarque de hollanda
heloisa m starling
heron moura
herta müller
hiro arikawa
hiromi kawakami
hirokazu koreeda
hong sang-soo
hugo rodas
ian padrón

ianara elisa
igiaba scego
ignácio de loyola brandão
igor marotti
ilka carvalho
ilnar pacheco de sousa
irandhir santos
irlana gomes
ironilde sousa ribeiro
isabel brochado
isabel murcia estrada
isabelle huppert
ismail xavier
ítalo moriconi
j borges
jackie kay
jacques morelenbaum
jafar panahi
jaguar
jairo fará
jamila woods
jamille santos
jane miranda
jaqueline de jesus
javier uriarte
jay martins
jeanne marie
jennie snyder urman
jerônimo camargo
jerónimo pizarro
jéssica cardoso
jia zhangke

jim jarmusch
jô soares
joana pupo
joão almino
joão bosco
joão diniz
joão doederlein
joão gilberto noll
joão montanaro
joão pedro teuber
joca reiners terron
joel coen
john gledson
john mateer
john trengove
johnson araújo
jonas carpignano
jonny hoocker
jordan peele
jorge abreu
jorge viveiros de castro
josé celso martinez corrêa
josé eduardo agualusa
josé eduardo belmonte
josé geraldo couto
josé miguel wisnik
josé rezende jr
josé simão
josé vicente
jovina souza
joyce hata
jr

juan carlos maneglia
juan josé campanella
judith bernstein
judith butler
júlia ferrari
júlia gouveia
julia ortiz
júlia torres maciel
julian barnes
julián fuks
julian schnabel
juliana amorim
juliana sanson
julie maroh
julio brassane
jup do bairro
jurandir freire costa
jussara salazar
jussara silveira
kael studart
kalaf epalanga
karen rossi
karim aïnouz
karin jordan maranhão
karina buhr
karla maia pacheco
kazuo ishiguro
ken loach
kenzaburo oe
khalik allah
kissyian castro
kleber mendonça filho

kmila cdd
konstantin khabensky
laerte
laís nazareh
lande onawale
larissa fulana de tal
larissa sousa martins
lászló nemes
lau siqueira
laura bispuri
laura esquivel
laura liuzzi
laura martins soares
laurentino gomes
laurie anderson
laurindo crestani
lázaro josé casemiro
lázaro ramos
leandra leal
leandrinha du art
leandro batista da silva
leandro demori
leci brandão
lee unkrich
leila míccolis
leilah assumção
lenita estrela de sá
leo lobos
leonardo chalub
leonardo rauta martins
letícia brito
letícia letrux

letícia pacheco
letícia sabatella
leyla bouzid
leyla perrone
lia de itamaracá
liana cirne lins
liana sousa martins
lídia jorge
lígia borges
lila avilés
lilia moritz schwarcz
lilian nakao nakahodo
liniers
liniker
linn da quebrada
lisa cerrado
liv ulmann
lola aronovich
lorena derengowski
lourença reis
luana müller
luana tolentino
luanna rocha
lubi prates
luci collin
luci mulloy
lucia faria
lúcia murat
luciana benigno
luciana loureiro
luciano nava
lucie de lannoy

lucrecia martel
lucy alves
luda lima
ludmila müller
luis alberto lamata
luís fernando veríssimo
luis puenzo
luis turiba
luísa coelho
luísa gleiser
luiz buff
luiz felipe de alencastro
luiz felipe leprevost
luiz felipe curvo
luiz roberto guedes
luiz ruffato
luiz tatit
luíza sandmann
lujana perez
luna miguel
lydia davis
lygia fagundes telles
madalena rodrigues
magda gonzález grau
maite alberdi
maitena
mano brown
manuela cantuária
manuela carneiro da cunha
manuela d'ávilla
marçal aquino
marceli andresa becker

marcelino freire
marcelo ariel
marcelo café
marcelo dz
marcelo d'salete
marcelo sandmann
marcia denser
marcia lopes
márcia prazeres
márcio vasconcelos
marco lucchesi
marcos bagno
marcos pamplona
marcos passos
marcos siscar
maria adelaide amaral
maria alzira brum lemos
maria bethânia
maria de lourdes ribeiro
maria eduarda gibson
maria eduarda monteiro
maria esther maciel
maria gadú
maria helena correa
maria helena werneck
maria lúcia da silva
maria lúcia dal farra
maría paz domínguez
maria rita kehl
maria valéria rezende
mariana amado
mariana enriquez

mariana felix
mariana massarini
mariana nunes
marilda mascarenhas
marilena chauí
marilene felinto
marília carrenho
marília garcia
marilia kubota
marilyn solaya
marina rosa
mario bellatin
marisa lajolo
marisa monte
marise hansen
mariza lourenço
mariza vargas
marjane satrapi
marta
martin da costa
martinha soares
martinho da vila
mart'nália
mary del priore
maryam touzani
marwan hamed
mateus aleluia
mateus nachtergaele
matheus guménin barreto
maureen bisilliat
maurício santana dias
mavis dora álvarez licea

maxine l margolis
mbate pedro
megan rapinoe
mel duarte
meredith monk
mia couto
michael haneke
michael moore
micheliny verunschk
michelle alexander
mieko kawakami
miguel barnet
miguel gomes
miguel zattar
milton hatoum
milton nascimento
miranda july
miriam virna
moema carvalho
mohsen makmalbaf
mônica salmaso
monique prada
moya cannon
mujaci reis
muriel barbery
myriam wenig rubis
ná ozetti
nádia battela gotlib
nadine labaki
naira carneiro
naloana lima
nanda costa

nani
naomi kawase
naruna costa
natalie portman
natércia moraes garrido
negra li
nei lopes
nélida piñón
nelson inocencio
nena inoue
ney matogrosso
nia dacosta
nilo santos
nina rizzi
norton f. corrêa
noviolet bulawayo
nydia bonetti
octávio rold
olívia ikeda
omar sy
ondjaki
otávio pandolfo
otto
otto leopoldo wink
pablo molina
pablo vittar
patrícia de souza
patrícia hill collins
patrícia melo
patrícia pillar
patrício ferrari
patti smith

paul auster
paul firbas
paula rodrigues
paula vielmo
paulina chiziane
paulinho da viola
paulo bezerra
paulo brandão
pulo coelho
paulo henrique veloso souto
paulo heriques britto
paulo venturelli
pedro almodóvar
pedro borges tarzan
pedro de oliveira borges
pedro luís
pedro mara
petra costa
phoebe waller-bridge
pía barros
pilar del rio
pilar salamanca
prabhu
preta ferreira
preta rara
priscila marques
quentin tarantino
quino
raduan nasar
rafaela leal
raimundo garrone
raphael castro

rebeca realleza
rebecca solnit
regina blum
regina dalcastagnè
regina casé
regina zilberman
régis bonvicino
renata felinto
renata mele
renato azevedo
renato guadagnin
renato janine ribeiro
reuben da rocha
ribamar filho
ricardo aleixo
ricardo darín
ricardo domeneck
ricardo pedrosa alves
ricardo pozzo
ricardo schimitt carvalho
ricardo velho
ricon sapiência
rimon guimarães
rita benneditto
rita lee
roberta estrela d'alva
roberto dagô
roberto minervini
roberto schwarz
robson fischer müller
rodrigo gonçalves
roger melo

ronaldes de melo e souza
rosana carvalho
rosana paulino
rosani abou adal
rose carrenho
roxane gaybruan
rowan atkinson
rubem fonseca
rubem milhomem
rubens figueiredo
rupi kaur
rute macedo
ruth rocha
ryan coogler
ryan oliveira
s louisa wei
sabina anzuategui
sabrina fidalgo
safira moreira
salman rushdie
sálvio nienkötter
samanta schweblin
sandra cisneros
sangare ocapi
santiago guerrero villalba
schneider carpeggiani
sebastião salgado
selva almada
sepideh farsi
serena williams
sergio medeiros
sérgio moriconi

sérgio sant'anna
severino francisco
sheila müller
sidarta ribeiro
silvana guimarães
similião aurélio
silvia contursi
silvia frederici
silviano santiago
silvio almeida
simone alcântara
simone reis
sofia coppola
sofia djama
sonia bone guajajara
sonia braga
spike lee
stefanie harjes
stephanie borges
stephanie wang-breal
sueli carneiro
suzana amaral
svetlana aleksiévitch
sylvia molloy
sylvia orthof
sylvie germain
tahiza falcão
tainá de paula
taís araújo
tais koshino
talíria petrone
tamara jenkins

tâmara de senna
tana schémbori
tata amaral
tatiana huezo
tauanna oliveira
telê ancona lopez
teresa cristina
thabata lorena
thais dos anjos
thais folego
thais gualberto
thiago marques
tim burton
todd phillips
todd solondz
tom zé
toninho euzebio
toninho vaz
tony reis
tulipa ruiz
ulisses galetto
urias matos
val porto
valter hugo mãe
vanderley mendonça
vanessa tomich
vânia barros
vênus williams
vera americano
verônica stigger
victor lavalle
vik muniz

viola davis
vittoria andrade
vivianne ferreira
viviane nogueira
vladimir saflate
vladimir carvalho
wagner ayrão
wagner moura
walnice nogueira galvão
walter carvalho
wendy brown
wesley peres
will berti
will leite
william ferreira
wong kar-wai
woody allen
xavier dolan
xênia frança
yasmin thayná
ying liang
yorgos lanthimos
yuri fidelis
zaira anislen
zandashé brown
zé do pife
zé ramalho
zeca baleiro
zélia duncan
zezé motta
zoe leonard
zulmira ribeiro tavares

agradeço enormemente a meu secretário e minhas secretárias
            também poetas
que digitaram comigo meus cadernos inumeráveis
em arquivos infinitos (como em quadros de escher):

livia viganó (2012)
guilherme *madan* monteiro (2013-2014)
emily bandeira (2015-2017)
rafaella lassance (2018-até o presente momento)

e também agradeço a meus alunos e a minhas alunas de teatro[61]

[61] marcela gabriela disse que até na cadeia o grupo vai ensaiar comigo
(quando falei que do lançamento de impropérios
é capaz de eu sair direto pro xilindró "em prisão preventiva")

sumário

I. vadia na putaria
mulher fenomenal, 9
útero, 19
o estupro, 20
política pública, 22
abortivo, 23
poema-estupro, 24
women's liberation, 25
ecce femina, 26
desde moça, 27
monteiro lobato revisitado por uma mulher moderna, 28
versão nova do poema acima, 28
ecce femina, 29
vinícius-fêmea, 30
poetisa, 31
sáfica, 33
poética, 34
orientação de tese heteronormativa, 35
poetisa 2, 36
a confraria de rapazes, 38
aforismo, 39
semblante, 40
perfil, 41
poema da fancha que não sou, 45
a mulher que calculava, 46
expressão idiomática, 48
feminismo poético cabralino, 49

II. a arte da guerra

camiseta do ciep operário ensanguentada, 53
história contada pela amanda, 56
afirmação, 57
samba do crioulo doido (???), 58
herança poética, 66
viva o ateísmo, 67
viva o ateísmo ii, 68
viva o ateísmo iii, 69
a derrota da razão, 70
fraternidade, 71
fraternidade ii, 72
experiência com a pm, 73
constatação, 75
esquerda festiva, 76
haikai, 77
quem indica (qi), 78
aristocracia, 80
aforismo schopenhauriano-nietzschiano-freudiano, 81
japão fukushima 2011, 82
epílio, 83
anti-lira itabirana, 85
côrte do pequeno inquisidor da polícia política, 88

III. roman à clef

ludovika wittgenstein, 93
"ode" ao presidente "mito"-neonazi, 95
mera coincidência, 100
questão de hermenêutica, 102
semana santa, 103
heróis de nosso tempo, 105

aforismo ii, 107
dois poemas de ocasião, 108
epílio ii, 110
"meu partido é o brasil", 114
peace is our profession, 116
parem de nos matar, 117
aerococa ou eu acredito em papai noel, 119
ibaneis advocacia e consultoria, 122
educação moral e cívica, 124
juiz ladrão, 128
saudação, 131
escritório do crime, 132
para que não houvesse solução de continuidade entre os dois governos, 138
future-se, 139
holocausto, 141
fahrenheit 451, 142
liberticídio, 149
guardiões da floresta, 152
catástrofe, 157
paraisópolis, 158
advertência, 159
notícia de brasília em junho, 160
o menino é pai do homem, 161
ecce femina ou ainda *esquerda festiva*, 162
monte alegre, 164
ode 11, 165
despedida, 167

mapa de ilustrações

por amanda guerrero

primeira capa
o sopro das vivas e mortas

quarta capa
bruxas no ar nº 2

primeira capa interna
o aborto

quarta capa interna
apocalipse zumbi

livro, em ordem de aparição
o feminicídio
hystéra
as amantes
a caverna
o luto
a injustiça
o pergaminho
yin yang
desgoverno
mater
o espelho

*Impresso em papel pólen,
tipologia Parable 10 / 15, no verão de 2020.*